朗格彩色童话集

绿色童话

Lüse Tonghua

[英] 安德鲁·朗格　编著
刘艳春　译

内蒙古少年儿童出版社

图书在版编目（CIP）数据

绿色童话 /（英）安德鲁·朗格编著；刘艳春译
. -- 通辽：内蒙古少年儿童出版社，2021.7
（朗格彩色童话集）
ISBN 978-7-5312-4299-4

Ⅰ.①绿… Ⅱ.①安… ②刘… Ⅲ.①童话—作品集
—世界 Ⅳ.①I18

中国版本图书馆CIP数据核字（2021）第071633号

朗格彩色童话集
绿色童话
[英]安德鲁·朗格/编著　刘艳春/译

责任编辑：高　娃
封面设计：张合涛
出　　版：内蒙古少年儿童出版社
地　　址：通辽市科尔沁区霍林河大街312号
邮　　编：028000
电　　话：（0475）8219305
印　　刷：保定市海天印务有限公司
开　　本：787mm×1092mm　1/16
印　　张：10
字　　数：110千字
版　　次：2021年7月第1版
印　　次：2021年7月第1次印刷
书　　号：ISBN 978-7-5312-4299-4
定　　价：32.00元

目录
contents

绿色童话

绿色童话

蓝 鸟

很久以前有一个国王，拥有辽阔富饶的土地，堆积如山的金银珠宝。可他一点儿也不快乐，因为他心爱的王后突然病逝了。国王悲恸欲绝，常把自己关在一个小房间里，不停地用头撞墙。大臣们担心国王撞坏了身体，就派人在墙壁上粘贴上一层厚厚的羽绒，这样一来，即便国王使劲用头撞墙，也不会对自己造成什么伤害。臣民们得知国王的状况后，纷纷献计献策，以减轻他的痛苦。可是，国王对那些呆板枯燥、滑稽好笑的办法始终无动于衷，大家一时束手无策。后来，一位看上去很悲伤的女人，自荐来到王宫。她自从进入王宫后，就不停地哭泣，直至引起国王的注意。

国王关切地问她为何每天哭得这么伤心，这个女人告诉国王，她来王宫，一点儿也不想减轻国王的痛苦，只是想陪他一起，为失去心爱的伴侣而痛哭。她刚刚失去心爱的丈夫，

懂得那种发自内心深处的痛苦。听了妇人的话，国王心生同情，便对她讲述了很多王后生前的事情，赞扬王后高尚的品格。这个女人也跟国王讲了自己的丈夫如何优秀、如何善良。他们各自把压抑的情感倾诉出来后，心情变得舒坦许多，国王不再痛苦地撞墙了，女人也不再像刚来时那样哭哭啼啼，痛不欲生了。不久，王国里传开了国王即将再婚的喜讯，而新娘就是那个女人。

国王与前妻育有一个女儿，名叫菲奥德丽莎，如今已满十五岁了。菲奥德丽莎公主是一位美丽善良的姑娘，性格活泼开朗，十分讨人喜欢。而新王后与前夫也有一个女儿，叫塔莉苔拉。她的母亲成为新王后不久，她也被接进了王宫。塔莉苔拉是由她的教母马兹拉仙女抚养成人的，尽管仙女悉心呵护，但她却长得奇丑无比，不仅如此，她还狂妄自大，目中无人，毫无教养。每当新王后看到自己的女儿和楚楚动人的菲奥德丽莎公主站在一起时，心里就无比绝望，在菲奥德丽莎公主的映衬下，她的女儿是那么丑陋、庸俗。新王后自然偏袒亲生女儿，为了能让她在宫中站稳脚跟，时常离间国王和菲奥德丽莎的父女关系，并想尽一切办法，让国王慢慢喜欢上了塔莉苔拉。

有一天，国王对王后说，菲奥德丽莎和塔莉苔拉都到了出嫁的年龄了，他想让其中一个公主嫁给第一个来王宫访问的优秀王子。王后听了，对国王说："塔莉苔拉比菲奥德丽莎年长，又漂亮，理应她先出嫁。"

国王素来不愿争吵，就说："那好，你看着办吧，我就不过问这件事了。"

　　不久就有消息传来，邻国的查米王子正在来访的途中。据说，在所有邻国王子中，他最英俊潇洒、气宇轩昂，被称为"魅力王子"。王后听到这个消息后，就下令王国里所有的金匠、裁缝、编织工和绣工，为塔莉苔拉定做华美的衣物和饰品，而在国王面前却说菲奥德丽莎不需要置办任何东西。此外，王后还买通菲奥德丽莎的贴身侍女，让她偷走了菲奥德丽莎所有的衣服和首饰。第二天，当菲奥德丽莎准备精心打扮一番去迎接查米王子时，突然发现她的那些漂亮衣服和首饰都不见了，连一根束带也找不到。

　　菲奥德丽莎公主马上猜到是王后在搞鬼。不过她既没有告诉父王，也丝毫没有抱怨，只是前往商店，想再买点儿衣服、首饰。可是商人们早就接到王后的命令，不许向公主出售任何物品，他们可不敢违抗王后的旨意。因此，菲奥德丽莎只好穿上一条破旧的白色衣裙前去迎接王子。当王子来到王宫时，菲奥德丽莎不愿王子看到她狼狈的模样，特地找了一个不起眼的角落坐了下来。

　　王后盛情款待了查米王子，并特意向他推荐塔莉苔拉。塔莉苔拉穿着华丽的衣服，戴着昂贵的首饰，可是在华丽服饰的映衬下，她丑陋的面容更加让人不堪入目。王子只瞥了她一眼，就将视线移向了别处，再不想看到她。王后误以为查米王子不看塔莉苔拉是因为害羞。于是，她想方设法，尽可能让王子有更多机会接触浓妆艳抹的塔莉苔拉。查米王子知道王宫里还有一位叫菲奥德丽莎的公主，就向塔莉苔拉打听菲奥德丽莎的消息。

　　塔莉苔拉指着坐在角落里的菲奥德丽莎说："她就躲在

那个角落，不愿被人看到，因为她又笨又丑。"

听到塔莉苔拉的讥讽，菲奥德丽莎的脸涨得通红。查米王子看到她羞红脸的样子非常可爱，立即站起身，走到她跟前，向她深鞠一躬，深情地说："菲奥德丽莎公主，您的美貌无人能及，用不着任何东西来修饰。"

菲奥德丽莎公主谦虚地答道："抱歉，王子殿下，让您见笑了。我平时从不穿这样脏兮兮、皱巴巴的衣服。今天真的太失礼了，我感到很难过。"

"菲奥德丽莎公主，即使穿这样的衣服也掩盖不了您靓丽的颜容，从看到您的第一眼，我就再也无法将目光从您身上移开。"王子激动地说。

这时，王后从旁边插了进来，刻薄地说："王子殿下，请不要相信她的话，她是一个爱慕虚荣的人，您这样夸奖她，只会让她变得更加虚荣。"

王子立刻知晓，王后不喜欢菲奥德丽莎公主，并对他的举动很不高兴。但不管王后说什么，他都不在乎，他爱上了这位美丽的公主，和她畅谈了三个小时。

王后和塔莉苔拉看到查米王子这么喜欢菲奥德丽莎，顿时妒火中烧，内心充满了挫败感。她们不停地在国王面前说菲奥德丽莎的坏话，苦苦哀求国王把她囚禁起来。国王听信了她们的话，下令当晚就把菲奥德丽莎关起来。于是，那晚菲奥德丽莎回到房间时，被四个蒙面大汉绑了起来，之后被关到塔楼最高的一个房间里。这样，在王子来访期间，他再也见不到她了。

房间里非常阴暗，公主孤零零地关在里面，倍感恐惧，伤心地哭起来。她明白，自己之所以被关在这里，是因为王后害怕王子爱上自己，坏了她的好事。而她是多么喜欢查米王子啊，甚至愿意马上就嫁给他。可是，现在自己被关在这里，连看王子一眼都变得不可能。

查米王子对菲奥德丽莎公主被关在塔楼一事一无所知。他试着向侍候他的大臣打听公主的消息，希望能尽快见到她。但这些大臣早已收到了王后的指示，在查米王子面前，不准说一句公主的好话。他们按照王后的意思，谎称公主是如何的虚荣、脾气暴躁和反复无常，诬蔑公主不仅折磨自己的侍女，还经常不顾自己的形象，穿着脏兮兮的衣服到处乱跑，丝毫不顾及王室的脸面，非常没有教养。

听到大臣的这些话，王子很是困惑。通过几个小时的接触，他已经相信，菲奥德丽莎在隆重的宴会上穿着皱巴巴、脏兮兮的衣服，肯定有说不出的苦衷，她对自己不得体的穿着，也感到很羞惭，这应该不是她平时的穿衣习惯。更令人难以置信的是，有着天使般可爱脸庞的菲奥德丽莎公主，会像那些大臣说的那样，是一个爱慕虚荣、脾气暴躁、让人生厌的人。这肯定是王后嫉妒菲奥德丽莎比自己的女儿漂亮，所以才让这些大臣在他面前散布丑化她的谣言！

这些大臣清楚地看到，王子非常不愿意听他们说菲奥德丽莎公主的坏话。其中有一位大臣在和王子单独相处时，真心地夸了菲奥德丽莎一番。王子听到他的话后，心情一下子开朗了，他对大臣所说的每一句关于菲奥德丽莎公主的话，都牢记于心。明眼的人都能看出，查米王子是多么爱公主，思念公主。当王后把大臣们召集在一起，询问他们有关王子的情况时，大臣们的回答，让她的心彻底凉了。

此时，可怜的菲奥德丽莎公主，独自坐阴暗的房间里，终日以泪洗面。她哽咽着自语："我多么不愿待在这间阴暗的房间里啊，哪怕当初不让我见查米王子，也比关在这儿好呀。哦，我心爱的查米王子，他就在我附近，所有的人都能同他愉快地相处，唯独我不能！唉！为何要这样折磨我！我真是太不幸了！"

次日，王后送给王子好多贵重的礼物，其中有一件饰品相当引人注目，是由一颗大红宝石雕刻的心，心的周围有好多钻石做成的箭，有一支箭穿过了那颗心，心上还打着一个金色的同心结，上面刻着："这支幸福之箭，让我们坠入爱河。"整颗心形红宝石挂在由名贵珍珠穿成的项链上，精美、漂亮，真是世间少有。显然，这件礼物是为即将举行的婚礼赶制的。仆人把这件饰品送到王子面前，王子看到这么漂亮的饰品大吃一惊。仆人说："王子殿下，请您收下这件美丽的饰品，因为，我们的公主已选择您作为她的新郎。"

"什么？"王子兴奋地叫道，"是菲奥德丽莎公主吗？她竟然送我这么贵重的礼物来激励我，我真是太幸运了！"

"王子殿下，您弄错了，这不是菲奥德丽莎公主的，而是塔莉苔拉公主送给您的礼物。"仆人赶紧纠正道。

"什么，原来是塔莉苔拉公主送的。对不起，我受不起。"王子感到很失望，态度也冷下来，将这些礼物悉数还了回去。王子的举动让王后和塔莉苔拉很难堪，也很生气。可王子的心已被菲奥德丽莎公主占据，他来到王宫，只想再见到她。他在王宫里等啊等，就是不见菲奥德丽莎出现，王子很着急，他多么希望菲奥德丽莎公主能快点儿出现啊。王后看到查米王子那么着急，装着毫不在意的样子，继续给他讲接下来安排的娱乐活动。无论王后说什么，王子都听不进去，他现在唯一想的就是，如何能再次见到菲奥德丽莎公主。

王子急切地问王后，"尊敬的王后，我什么时候能再次见到菲奥德丽莎公主？"

"王子殿下，您现在见不到菲奥德丽莎公主了，因为国王已经把她关了起来。在我的女儿塔莉苔拉出嫁前，她是不会出来的。"王后自鸣得意地说。

"你们太残忍了，竟然把可爱的菲奥德丽莎公主像囚犯一样关了起来！她到底犯了什么错？"王子愤怒地喊道。

"这我就不知道了，即使我知道，也没有义务告诉你。"

王后更加得意忘形地说。

听到王后这么说，查米王子很是气愤，他清楚这都是王后和塔莉苔拉搞的鬼。王子愤怒地看了可恶的王后一眼，起身回到了自己的住所。王子对一位陪伴自己的大臣说："现在菲奥德丽莎公主被关起来了，要是能得到一位侍女的帮助，让我见她一面，和她说上一句话，那该有多好啊。我愿意把我的一切东西，都送给能帮我这个忙的侍女。"

王子的随行大臣说："这事好办。"他按照王子的指示，很快地和一位侍女交上了朋友。那位侍女告诉大臣："公主每天傍晚都会出现在窗户边，窗户下方是花园，王子进入花园就能看见公主并和公主说话了，不过你们要非常小心，不要被别人发现，也不要说是我告诉你们这个秘密的，不然我就会被王后赶出王宫。"那位大臣得到这个消息后，兴冲冲地转告了王子。可恶的是，这个狡猾的侍女，把这一切也同样告诉了王后。王后眉头一皱，计上心来，决定让她的女儿顶替菲奥德丽莎站在窗户边和王子说话，并反复教导塔莉苔拉如何说、如何做，以迷惑查米王子，而不被他识破。

对于王后的诡计，善良的王子一点儿也没有察觉。到了晚上，王子满心欢喜地来到花园，站在公主的窗子下方，向公主述说这些天好多好多想说的话，表达自己的爱慕之情。窗户后面的塔莉苔拉，听见王子的话，按照王后的吩咐回复王子："我被关在一间小屋子里，非常伤心，也非常思念王子。如果塔莉苔拉没有出嫁，王后是不会放我出去的。"王子听后，取下自己手上的戒指，戴在了塔莉苔拉的手上，向她求婚。内心狂喜的塔莉苔拉小心地伪装着自己，生怕露出一丁点儿马脚而被王子发现。在和公主的对话中，王子虽然感觉到有一点儿不对劲，但他以为可能是公主长时间被关在这里，害怕王后的惩罚，所以说话才变得如此小心翼翼，很不自然。王子对公主说，明天晚上，他还来这里和她说话，见不到她，他是不会离开的。塔莉苔拉自然很高兴地答应了。王后看到自己的诡计得逞，喜出望外，她相信凭她的"聪明才智"，一定能让自己的女儿塔莉苔拉和王子成功结婚。

第二天，夜幕刚刚降临，王子就带着自己的礼车来到了花园，这个由飞蛙驾驶的礼车，是王子的一个魔法师朋友送给他的。王子轻松地说服塔莉苔拉上了礼车，自己坐在她的身边，满心欢喜地对公主喊道："我心爱的公主，你自由了，快告诉我，你想在哪里举行我们的婚礼呢？"

塔莉苔拉竭力用斗篷蒙着头，告诉王子，自己的教母马兹拉仙女有一个城堡，她希望在那里举行婚礼。王子把目的地告诉了飞蛙，飞蛙拉着礼车，很快就把他们送到了马兹拉仙女的城堡。城堡里灯火通明，塔莉苔拉把斗篷裹得更紧了。可怜的王子一点儿也没有发现，他犯了一个多么大的错误。塔莉苔拉见到教母马兹拉仙女后，要求单独和仙女说话。她把自己如何欺骗查米王子的事情，一五一十地告诉了仙女。

马兹拉仙女尖叫起来："天哪！我的孩子，这可是一件很棘手的事情。王子深爱着菲奥德丽莎，我可以断定，一旦他知道事情的真相，绝不会善罢甘休。"

此时，王子还站在金碧辉煌的大厅里等候。大厅的四面都是水晶墙，透过水晶墙，他清楚地看到，塔莉苔拉和马兹拉仙女凑在一起窃窃私语。

王子不禁迷惑起来，心想："莫非这儿有坏人？谁告发了我们呢？难道有人正在密谋阻止我们的婚礼？唉！我的菲奥德丽莎，为何迟迟不回到我的身边？"

然而，事情远比他猜想的糟糕得多。正疑惑间，马兹拉仙女牵着塔莉苔拉的手，走到他的面前。仙女对他说："王子殿下，你已经对塔莉苔拉公主宣誓了，你们马上就举行婚礼吧。"

这对王子来说简直就是晴天霹雳，他气愤地大喊："什么？你有没有搞错，我几时向她宣誓过？"

"住口，你要对仙女表示应有的尊敬。"马兹拉愤怒地说。

"当然，夫人，我很敬重您，但我喜欢的是菲奥德丽莎公主，请你把她还给我。"

"我就是你的公主。"塔莉苔拉向王子伸出了自己的手，说，"你看，这是你亲手送给我的戒指，除了我，谁还能站在窗边和你说话呢？"

"原来是你？你一直在欺骗我，你这个可恶的小人！我现在就要去找菲奥德丽莎，这地方我一刻也不想待了。"王子气愤地说。

马兹拉仙女拦住了王子的去路，她轻轻地碰了一下王子的脚，顿时，王子的双脚就像钉在地板上一样动弹不得。

王子愤怒地吼道："就算你把我钉在这里，甚至把我变成石头，我也不会娶塔莉苔拉，我心里只有菲奥德丽莎公主。"

在之后整整二十天的时间里，王子一句话也没有说。面对仙女的斥责、恐吓和塔莉苔拉假惺惺的哭泣，王子都不理不睬。仙女对王子的固执、不妥协很愤怒，她恶狠狠地对王子说："你要么和塔莉苔拉成婚，要么因不遵守承诺，忏悔七年，你看着办吧。"

听到仙女的威胁，王子一点儿也不害怕，他大声说道："不要再给我说这些没用的惩罚了，你们想怎么办就怎么办吧，只要别让我娶她就行了。"

"惩罚？"塔莉苔拉生气地大声嚷嚷，"你以为你是谁？你就是一个说话不算数的卑鄙小人，乘一辆青蛙拉的礼车到处乱窜。"

"好了，别浪费口舌互相责骂了。"马兹拉仙女大声嚷道，"你这个不守信用的家伙，变成蓝鸟，从这扇窗户飞出去吧。"仙女的话刚刚说完，王子的脸就开始扭曲变形，嘴巴变成了洁白的鸟嘴，眼睛又小又亮，双臂缩成了一对翅膀，脚上长出黑色的爪子，身子变得像小鸟一样细长，披着闪闪发光的蓝色羽毛，头顶上还有一撮白色的羽冠。

王子已经彻底变成了一只蓝鸟，在马兹拉仙女和塔莉苔拉的嘲笑声中，伴随着阵阵凄厉的叫声，飞出了窗户。他不停地飞啊飞啊，不知道飞了多长时间，最后在树林深处的一棵大树上栖息下来。蓝鸟不停地为自己的不幸哀鸣："这七年，我心爱的菲奥德丽莎会有怎样的遭遇呢？要是她的继母把她嫁给了别人，我活着还有什么意思？"

马兹拉仙女和塔莉苔拉回到了王宫，把王子变成蓝鸟的事告诉了等待女儿出嫁喜讯的王后。王后听后大发雷霆，并将所有的怒火撒在菲奥德丽莎身上。"她应该悔恨让王子爱上自己了吧！"王后一边说一边领着塔莉苔拉来到了关押公主的小屋。公主看到塔莉苔拉披着王室的斗篷，戴着漂亮的钻石王冠，心里非常震惊。王后得意地说："我女儿已经与查米王子结婚了，王子非常喜欢她，他们是世界上最幸福的一对，你就别再痴心妄想了。"王后让塔莉苔拉把自己的珠宝首饰和绫罗绸缎展示给公主看。塔莉苔拉还特地炫耀那枚王子送给她的戒指。

不明真相的菲奥德丽莎公主看到这些东西后很伤心，尤其是看到王子送给塔莉苔拉的那枚戒指时，更是绝望。公主相信了王后的话，再也不怀疑王子娶了塔莉苔拉。她悲恸欲绝，大声叫喊："把这些东西拿走，我再也不想见到这些东西，你们不要折磨我了。"说完，公主就晕倒了。

歹毒的王后看见公主晕倒，笑得更加疯狂了。当天晚上，王后对国王说，菲奥德丽莎公主疯狂地爱上了查米王子，可王子压根儿没有正眼看她。如今，她已彻底失去了理智，胡乱发脾气。我想还是把她关在塔楼上吧，直至她清醒过来。国王说这些事由她全权处理，就不要再烦他了。

可怜的菲奥德丽莎公主慢慢苏醒，想起刚才的所见所闻，忍不住痛哭起来，以为王子再也不属于她了。整个晚上，公主都坐在窗户旁边伤心流泪。每天天刚亮，公主就挣扎着爬到黑暗的角落，坐在那里，不言不语；当夜幕降临时，公主又爬回到窗户边，对着夜色痛哭自己的悲惨遭遇。

此时，查米王子已经变成了一只蓝鸟，他不停地绕着宫殿飞来飞去，盼望能见到心爱的菲奥德丽莎公主。他不敢飞到宫里，怕被塔莉苔拉认出。天黑了，蓝鸟还是没有找到囚禁公主的地方。又疲惫又悲伤的他，栖息在高塔旁边一棵高耸入云的枞树上，不停地哀鸣。就在蓝鸟昏昏欲睡时，突然听到一阵低沉的啜泣声，声音很轻柔："狠心的王后啊，我到底犯了什么错，你把我像囚犯一样囚禁起来？塔莉苔拉已经成为查米王子的新娘，你用你女儿的幸福来折磨我，难道这还不够吗？"

蓝鸟悲喜交加，他肯定这是公主的声音。他急切地盼望天早点儿亮，好去寻找说话的人。第二天东方刚刚泛白，蓝鸟就离开枝头，飞到塔楼上。可是，塔楼里所有房间的门窗都严严实实地关着，根本看不到里面有什么。当天晚上，蓝鸟站在窗外，借着月色，看见窗户边有位伤心的姑娘，她正是自己日思夜想的菲奥德丽莎公主。

"我心爱的公主，真的是你啊，我终于找到你了。"王子激动地朝公主飞去。

"你是谁？"公主惊讶地叫道。

"我是查米王子，你难道不认得我了吗？刚才你还念着我的名字。"王子伤心地说，"这不能怪你，因为我现在变成了一只蓝鸟，在之后的七年里，我都将是一只蓝鸟。"

"小蓝鸟，你真的是英俊的查米王子吗？"公主温柔地抚摸着蓝鸟的羽毛问道。

"我就是查米王子，我只钟情于你，因而受到了残酷的惩罚。当然，即便让我做十四年的蓝鸟，我也不愿停止爱你。"

"我才不信呢，你的新娘塔莉苔拉昨天还在这儿，她披着王室斗篷，戴着钻石王冠，手上还戴着你送给她的戒指。"

公主厉声质问。

蓝鸟听后，非常气愤，便把自己如何上当受骗，如何拒绝娶塔莉苔拉为妻，进而受到仙女马兹拉惩罚，变成蓝鸟的事，一五一十地告诉了公主。

菲奥德丽莎终于释怀了，王子一直钟情于自己，从未背叛啊。她顿时心情好转，他们在一起互诉衷情，不知不觉已旭日东升。他们不得不暂时分离，要是被王后发现，他们俩都得遭殃。查米王子答应公主，一到晚上就飞来与她相见。蓝鸟飞走了，公主一直忐忑不安，担心心爱的蓝鸟被可恶的老鹰吃掉，或是误入猎人的陷阱。

蓝鸟没有返回自己的栖息处，而是直接飞回了自己的王宫。他从一扇打碎玻璃的窗户飞了进去，找到了一个装有珠宝首饰的柜子，挑了一只漂亮的钻石戒指，想当作礼物送给自己的心上人。当蓝鸟带着钻戒飞回到公主身边时，公主早已焦急地守候在窗户边了。公主看见王子带给她的礼物，轻声责备他，不应该为她冒这么大的风险。

"亲爱的菲奥德丽莎公主，答应我，戴上我送的钻戒。"蓝鸟恳求说。

公主要他保证，白天有机会也要飞过来看她，他们欢快地聊了整整一夜。第二天天一亮，蓝鸟又飞回到自己的王宫，还是通过那个破窗户飞了进去，从众多首饰中，挑选了一对漂亮的翡翠手镯。当蓝鸟把这对翡翠手镯送给公主时，公主显得很不高兴，生气地对王子说："你担心我不够爱你吗？送我这些珍贵的首饰，好让我时时刻刻想念你吗？"

"不，别这样想，公主！我是多么真诚地爱着你呀，我

不知该如何表达我的爱意，送你这些礼物，只是让你相信，虽然我们暂时分别了，可我却时刻惦记着你。"蓝鸟深情地说。

第二天晚上，蓝鸟又送给公主一块镶有珍珠的手表，公主见了非常高兴地说："这块表太及时了，它比之前的礼物好多了。自从我与你重逢，就没有了时间观念，见面的几个小时，好像只有几分钟一样短，分别的几个钟头，却像几年一样漫长。"

"是的，公主，看不见你的那些晚上，我也觉得时间漫长，倍感孤独难熬。"蓝鸟说道。日子一天天地过去了，查米王子送给公主的礼物越来越多，有钻石、红宝石、猫眼石等各式各样的珠宝。每天晚上，公主都会把这些礼物戴在身上，让王子高兴一下；而到了白天，她就把这些礼物全藏在草垫底下，以免被别人发现。蓝鸟则站在高大的枞树上，唱着最动听的情歌给公主听。来往的路人都感到很奇怪，他们认为树林里一定住着可爱的精灵。

两年时间倏忽而过，菲奥德丽莎依然被关在塔顶的小屋里，而塔莉苔拉也一直没有出嫁。王后不停地把塔莉苔拉引见给别国的王子，但他们只要见了她一次，就再也不愿见到她了。他们都这样回复王后："我非常乐意让菲奥德丽莎公主做我的新娘，若要我娶塔莉苔拉公主为妻，我宁愿去死。"王后听后，恼羞成怒，认定菲奥德丽莎和他们早就沆瀣一气，故意气她。她决定当面揭穿菲奥德丽莎公主的阴谋。

于是，王后带着塔莉苔拉怒气冲冲地来到了塔楼。时值午夜，浑身珠光宝气的菲奥德丽莎，正坐在窗边和蓝鸟一起唱歌。王后驻足，在门外偷听他们的歌声：

"哦！我们是多么不幸的情侣啊，

一个关在牢里，一个栖在树上，

所有的烦恼和痛苦，

仅仅因为我们真诚地相爱，誓死不分离。

歹毒的敌人啊，不要再耍诡计，

任凭什么伎俩休想将我们分离。"

歌声充满了惆怅，可唱歌的人却非常愉悦。王后怒不可遍，愤然撞了进来，大声喊道："快看，塔莉苔拉，有人在这儿搞鬼。"机智的菲奥德丽莎，一看到王后冲进来，连忙打开小窗让蓝鸟飞了出去，然后，她淡定地转身，走向王后。王后气势汹汹，怒骂道："菲奥德丽莎，别在我面前演戏了，我已识破了你的阴谋。别指望你的父亲来救你，这一切是你罪有应得。"

"你觉得我能和谁一起搞阴谋呢？这两年我一直被关在这间小屋子里，除了能见到你派来的那些看守，我还能见到谁呢。"菲奥德丽莎公主一点儿也不害怕地反问道。

这时，王后和塔莉苔拉看见公主满身的珠宝首饰，非常吃惊，本来就很漂亮的公主显得更加漂亮了。王后问道："这些珠宝首饰是从哪里来的？别对我说，你在屋里找到了一座金矿。"

"我确实找到了一座金矿，我这些东西都是在那儿找到的。"公主机智地答道。

"你打扮得这样漂亮是想给谁看？以前，就算在一些非常重要的宫廷活动中，也没见你打扮得这样漂亮过。"王后越说越生气。

"我为自己打扮不行吗？我被关在这里哪儿都去不了，有的是时间，我花点儿时间打扮一下，让自己漂亮点儿，难道不行吗？"公主不慌不忙地说道。

"好吧，我要到处看看。"王后是不会轻易相信公主的话的。

王后和塔莉苔拉搜遍了房中的每一个角落。当她们翻开草垫，看到珍珠、翡翠、钻石、猫眼石、红宝石、蓝宝石等许多宝贝时，母女俩惊讶得好半天说不出话来。王后决定伪造一封书信放在公主房内，然后用这些伪造的书信，向国王告发公主与他的敌人正在密谋造反。当她打算把信放在烟囱里时，躲在上面的蓝鸟发现了王后的阴谋。他大声叫道："当心，菲奥德丽莎，王后这个坏女人在暗地里使坏。"

这奇怪的声音，把王后吓了一跳，王后惊慌失措地拿着信匆忙地离开了。回到王宫，王后召集手下人，商量用什么办法才能报复公主。最后，她们决定派一个侍女，以伺候公主为名，找机会诬陷公主。这个侍女装出一副又笨又傻的样子，好像对周围的一切都漠不关心，实际上她一直不停地监视着公主，并将公主的一切活动报告给王后。

菲奥德丽莎猜到，这位又傻又笨的侍女是王后派来的内奸。可怜的公主绝望地哭了起来，因为她再也不能与蓝鸟见面了。要是这个奸细发现了蓝鸟，不知道会有什么样的灾祸发生。

整整一个月，公主不敢靠近小窗，她怕蓝鸟飞来时被侍女发现。这些日子，对公主来说，真是度日如年，白天是寂寞难耐，夜晚更是无所事事。终于，有一天，由于没日没夜地监视，王后派来的侍女累得睡着了。机不可失，公主立刻跑到窗边，打开窗户，柔声唱道：

"蓝鸟啊，蓝鸟，

你蓝得像天一样，

赶快飞到我身旁，

现在没人在身旁。"

不承想，可恶的侍女被公主的歌声惊醒，但是她依旧闭着眼睛，狡猾地装睡。这时，忽然传来了悦耳的说话声，侍女悄悄地睁开眼睛，在皎洁的月光下，她看见公主温柔地抚摸着一只美丽的蓝鸟，并且和他悄悄地说着话。这个可恶的侍女把公主和蓝鸟说的话都偷听到了。第二天天刚亮，等蓝鸟和公主告别后，她就急匆匆地跑到王后那里，把她听到的和看到的都汇报给了王后。

王后派人把塔莉苔拉叫来，经过商量，她们很快确认那只蓝鸟就是查米王子。"菲奥德丽莎的胆子可真不小！"王后说，"我们以为她会非常伤心，可谁知道，她竟偷偷摸摸地和王子见面、取乐，我一定要报复他们。"

王后命令侍女重新回到菲奥德丽莎身边，继续监视她。她继续伪装，和往常一样，就像根本没有发现蓝鸟的秘密似的，甚至比平时伪装得还要好。可怜的公主对此一无所知，依旧趁她熟睡时，跑到窗边唱歌：

"蓝鸟啊，蓝鸟，

你蓝得像天一样，

赶快飞到我身旁，

现在没人在身旁。"

整个晚上，公主就这样呼唤着、等待着，可是蓝鸟却迟迟没有现身。原来，可恶的王后下令，在那棵枞树上挂满了刀、剑、钩子、镰刀之类的锐器。当蓝鸟听到公主的呼唤，飞向她时，翅膀和脚爪都被割伤了，鲜血直流。他挣扎着，艰难地飞回了藏身之处。蓝鸟躺在巢里，痛苦地呻吟着，心想：公主一定是向王后屈服了，背叛了他。

"菲奥德丽莎，你真的背叛我了吗？如果真是那样，

那我生不如死啊。"正当查米王子万般绝望，静候死神降临时，他的魔法师朋友刚好又一次来到这片树林。其实，当魔法师看到飞蛙礼车独自飞回而无查米王子的踪影时，就感到他一定是出事儿了。他到处打探他的下落，却一无所获。这次，他依旧像往常一样，不停地叫喊："查米王子，你在哪儿？"

王子听出这是自己的好友魔法师的声音，就用极其细微的声音回答："我在这儿，我在这儿。"

魔法师环顾四周，一个人影也没有看到。这时，王子又说话了："我现在变成了一只蓝鸟。"

魔法师找到了蓝鸟，看见他浑身是伤，感到非常难过。他找来了一堆魔草菇，念了几句咒语，蓝鸟的伤口很快就痊愈了。

"王子，到底发生了什么？是不是和哪个公主有关？"

"准确地说，是和两位公主有关。"查米王子摇了摇头，无奈地说。

接着，他把事情的来龙去脉告诉了魔法师。他指责菲奥德丽莎向王后屈服，背叛了他，把他们每晚相见的秘密告诉了王后，还说公主美丽的容貌让他受了骗。魔法师赞同王子的分析，认为世上所有的公主都薄情寡义、爱慕虚荣，唯一的区别不过是有的长得漂亮，有的长得丑陋罢了。他劝王子，彻底忘了菲奥德丽莎。可不知为什么，听了魔法师的劝告，王子心里很不是滋味。

"下一步该怎么做呢？你的惩罚期还有五年。"魔法师问道。

"把我带到你的城堡去吧，至少在那儿我会感到很安全。"王子答道。

"好吧！也许这是目前最好的选择。我会想出办法解救你的。"魔法师自信地说。

这时，菲奥德丽莎公主正在痛苦中煎熬，她每天都守在窗边，一遍遍地呼唤着心爱的蓝鸟，不停地想象王子可能遭遇到的危险。公主的脸色越来越苍白，身体也越来越瘦弱。王后和塔莉苔拉看在眼里，乐在心上。不过，她们没有得意多久，国王就病逝了。王国的人民举行了起义，反抗王后和塔莉苔拉的残暴统治，并要求立即见到菲奥德丽莎公主。

王后站在高处，威逼、恐吓这些起义的人民，说了许多引起公愤的话。人民再也忍不下去了，砸破了王宫的大门闯了进去，王后正好被掉下的门砸死了，塔莉苔拉也逃到仙女马兹拉那里去了。菲奥德丽莎公主从高塔中被解救出来，回到了王宫，成了新的国王。经过精心地调理，公主很快恢复了健康，而且比以前更加美丽。公主安排好国家大事后，准备了一袋珠宝，打算一个人去寻找蓝鸟，对于自己的行踪，她没有告诉任何人。

与此同时，魔法师也在精心照顾着查米王子。由于他的法力还不够强大，尚不能解除王子身上的魔法。他决定去和马兹拉谈谈，希望她看在和他是表兄妹的情分上，宽恕了王子，毕竟他们有五六百年的交情了。马兹拉非常热情地款待了魔法师。

"嘿，你来这里干什么？你这讨厌的家伙。"

"我想请你帮我一个忙。我的王子朋友，不知天高地厚得罪了你。"魔法师答道。

"哦，我知道你想为谁求情，"仙女打断了魔法师的话，"抱歉！我帮不了你，除非他答应娶我的教女为妻。瞧，那个美丽动人的女孩，就是我的教女，你让那个王子考虑一下我的意见吧。"

要让英俊潇洒的王子娶塔莉苔拉为妻，根本不可能。对此，魔法师实在无语。可是，为了救王子的性命，他不得不耐心地与仙女斡旋，做最后的努力。毕竟，此时王子还待在鸟笼之中，随时有性命之忧。事实上，王子已经历了数次危机。有一次，挂鸟笼的铁钉松动了，鸟笼直接摔到地上，一只调皮的猫把利爪伸进笼子，抓伤了王子的脸，要不是躲闪及时，他的双眼就被抓瞎了。还有一次，照顾他的仆人忘了往笼子里添水，差点儿渴死他。更糟糕的是，王子的臣民好长时间没有见到王子，以为他已经死了，他再不回国，将会永远失去整个王国。考虑到这些，魔法师答应了仙女的条件，马兹拉也承诺让王子恢复原形。仙女让魔法师把教女塔莉苔拉带回王宫。如果王子同意娶她，皆大欢喜；要是王子反悔，他将再次变成蓝鸟。

在马兹拉的精心打扮下，塔莉苔拉一袭华丽的服饰，浑身珠光宝气，她和仙女教母手牵手，乘上飞龙直接来到王子的王宫。这时，魔法师也把王子送回到那里。

仙女用魔杖朝王子头上敲了三下，王子立刻恢复了人形，他还是那么英俊潇洒，风度翩翩。可是，当他看到丑陋、歹毒的塔莉苔拉，想到自己要付出沉重的代价娶这个女人为妻时，内心十分痛苦，浑身禁不住颤抖起来。

此时，已继承王位的菲奥德丽莎正在寻找王子，她化装成一个贫穷的农家姑娘，背着一只旧麻袋，戴着一顶大草帽，帽檐儿几乎遮住了脸。她走过大陆，越过海洋，时而徒步，时而骑马，也不知走了多远，前面是何方。她只是困惑，自己每走一步，是离心上人更近了呢，还是更远了。

一天，菲奥德丽莎心力交瘁，坐在一条小溪边休息。她脱下鞋，将一双雪白细嫩的脚伸进清澈的溪水里，又摘下帽子，掏出一把梳子，在明媚的阳光下梳理一头金色的秀发。这时，一个年迈的驼背妇人拄着拐杖来到她的身旁，对她说："好漂亮的姑娘，你是一个人在这里？"

"嗯，老妈妈，我很难过，想一个人静静。"她一边说一边不停地流眼泪。

"别哭了，好孩子，能不能告诉我，你有什么不幸的事情，或许我能帮得上忙。"老妇人安慰她说。

于是，菲奥德丽莎把与王子从相爱到被迫分离，以及现在正在四处寻找已变为蓝鸟的王子的经过都告诉了她。

老妇人听完后，原来弓着的背突然挺直了，身材开始变得高大，整个人也变得年轻、美丽。她面带微笑，对一脸惊讶的菲奥德丽莎说道："尊敬的女王，你寻找的那只蓝鸟，已经被我姐姐马兹拉恢复了人形，他现在在自己的王国里。别害怕，你一定会找到他实现你的愿望的。这里有四个蛋，你每遇到困难时就敲开一个，它能助你渡过难关。"说完，她就消失了踪影。

听了老妇人的话后，菲奥德丽莎喜出望外。她赶紧把四个蛋放进麻袋里，启程前往王子所在的王国。她不顾劳累，马不停蹄地走了八个昼夜，最后来到了一座皎洁如玉、高耸入云的象牙山前。这座山不仅非常陡峭，更是四面光滑，菲奥德丽莎尝试攀爬了多次，皆无功而返。她绝望地坐在山脚下。这时，她想起了那四个蛋，便掏出一个敲碎，看到里面有许多小金钩。她把这些金钩缠在自己的手和脚上，轻轻松松地爬上了象牙山的山顶。

可新的麻烦又来了。映入菲奥德丽莎眼帘的，是一个光亮如镜的山谷。它是传说中的魔镜，人们只要站在山顶，对着山谷，想看到自己变成什么模样就能看到。正因如此，世界各地的人，都蜂拥来到这儿自我欣赏。他们看到菲奥德丽莎站在山顶，就大声呼喊，唯恐她下山，把魔镜踩得粉碎。菲奥德丽莎明白，从这儿下山随时会丢了性命。想到这里，她掏出第二个蛋敲碎。一辆由两只白鸽驾驶的礼车出现在她的面前。她登上礼车，飞了一天一夜，终于飞到查米王子的城门前。菲奥德丽莎下了礼车，满怀感激地吻别了白鸽，然

后随着人流进了城，逢人就问，在哪儿能见到查米王子。

可没有人理睬她，他们只是嘲弄她，冲她嚷道："就你这脏兮兮的模样，还想见查米王子。我的小厨娘，你还是先回家洗把脸，把眼擦亮些，要不然，你能看见他吗？"菲奥德丽莎已经打扮成了一个农家女，并用长发遮住了脸，根本没有人能认出她来。没有谁愿意告诉她，查米王子在哪儿，她只好继续往前走。不久，她又向人打听，这次终于有人告诉她，明天她就能看到查米王子了。因为查米王子最终答应迎娶塔莉苔拉了，他和塔莉苔拉明天将乘马车巡游。这个消息无异于晴空霹雳，差点将菲奥德丽莎击晕。

菲奥德丽莎又累又痛苦，她怎么也想不到，自己历尽千辛万苦，千里迢迢来到这里，竟然是为了看查米王子迎娶塔莉苔拉，看心上人背叛自己，彻底忘了自己。她再也无法挪动脚步，索性在一个台阶上坐了下来，整晚都在哭泣。天一亮，她就匆匆赶到王宫，求见查米王子。可是守城的士兵哪能让她进去。还好，菲奥德丽莎十分机智，终于想法混了进去，看到了为王子和王妃准备的宝座。

菲奥德丽莎小心地躲在一根大理石柱子后面。不久，她看见塔莉苔拉走了出来，她虽然穿着华丽的衣服，可容貌依旧像以前一样丑陋。接着，查米王子也走了出来，他看上去还是那么英俊潇洒、风度翩翩。塔莉苔拉在宝座上坐下后，菲奥德丽莎朝她走了过去。

"你是谁？竟敢闯入王宫！"塔莉苔拉气愤地说。

"我是小厨娘，"菲奥德丽莎镇静地答道，"我来这里是卖一些珠宝首饰。"说完，她从麻袋里拿出了查米王子送给她的翡翠手镯。

"啊！好漂亮的镯子，我愿意出五个银币买下，你愿卖吗？"塔莉苔拉问道。

"王妃，把这只手镯拿给行家看看吧，我们稍后再谈。"菲奥德丽莎说。

塔莉苔拉转身走向查米王子，将手镯递给他，让他看一下值多少钱。查米王子一看到翡翠手镯，刹那间脸色变得苍白。他长叹了口气，心情陡然变得十分沉重，往事如电光石火般涌上心头，以致忘了回答塔莉苔拉的问话。塔莉苔拉又问了一遍，查米王子这才反应过来。他竭力控制住自己的情绪，说："这对手镯价值连城，是这个世界上独一无二的。"

塔莉苔拉回到大厅，问菲奥德丽莎这对手镯多少钱能卖。

"夫人，这对手镯的价格很高，恐怕你买不起。但是，如果你能让我在回音室中睡一晚，那我就把这对手镯送给你。"

"就这么定了。"塔莉苔拉一口答应，心里高兴坏了。

查米王子没有问塔莉苔拉这手镯是从哪里来的，不是他不想知道，而是他讨厌塔莉苔拉，一句话也不想和她多说。当查米王子还是蓝鸟时，曾向菲奥德丽莎说起过回音室的事。那间屋子在查米王子卧室的下面，由于设计和建造得非常巧妙，即便是很小的声音，查米王子也能在自己的卧室里听得非常清楚。菲奥德丽莎打算在这里痛斥查米王子背弃爱情。塔莉苔拉的侍女把菲奥德丽莎带到回音室后，菲奥德丽莎就不停地流泪、哭诉，一直到第二天天亮。

第二天，塔莉苔拉向男仆打听王子的情况。男仆说，昨晚他们在王子的卧室中，听到不停的哭声和叹息声。

于是，塔莉苔拉问菲奥德丽莎为什么哭泣？菲奥德丽莎告诉她，自己经常做噩梦，还总是大声说梦话。

然而不幸的是，菲奥德丽莎一宿的哭诉，查米王子一句也没听到。这是因为，他每天睡觉前都会服用安眠药，睡到太阳升得老高才醒来。

而这一天菲奥德丽莎备受煎熬。"难道他听到我的哭泣声，还这样冷漠无情吗？如果他没有听见，我又该怎么寻找第二次机会呢？"

这时，菲奥德丽莎又想到了那些蛋。她敲开了一个，里面出现了一辆擦得明亮的铁板礼车。这辆礼车由六只绿色的老鼠驾驶，车夫和骑手分别是一只玫瑰色老鼠和一只灰色老鼠，礼车里还有一些小巧玲珑的人在跳舞、变魔术。菲奥德

丽莎看到这神奇的魔法，高兴坏了。天一黑，她等在花园里塔利苔拉必经的一条幽暗的小路上。她让老鼠们驾着车，并让那些小人在车上变着魔术。果然，塔莉苔拉经过时看到了那辆礼车，惊讶得大叫起来。

"小厨娘，这么漂亮的小玩意儿，你是从哪儿弄来的？打算卖多少钱呢？"塔莉苔拉问。

"我不要钱，你还是让我在回音室中睡一晚吧！"菲奥德丽莎说。

"好！我答应你。"塔利苔拉骄傲地说。

"这个小厨娘太傻了，有钱竟然不赚，让我白占了便宜。"塔利苔拉悄悄对侍女说。

晚上，菲奥德丽莎想尽一切办法对查米王子诉说这段时间以来的相思之苦。可是，查米王子吃了安眠药，睡得很死，菲奥德丽莎又没有成功。一个男仆说道："这小厨女肯定是疯了。"另一个男仆却说："她的话听上去是那么伤心、那么感人。"

菲奥德丽莎没有放弃，她不相信王子是一个铁石心肠的人。她决定再试最后一次。她敲了最后一个蛋，这时她惊奇地发现，里面有一件更加奇妙的东西。出现在她面前的是一张由六只鸟做成的大馅饼，这些鸟儿不仅会唱歌、说话，还能回答问题，非常有趣。菲奥德丽莎带着这件宝物，在大殿里等塔莉苔拉。这时，查米王子的一个男仆正好走了过来，对菲奥德丽莎说："小厨女，查米王子喝了安眠药水，要不然他早就被你的哀哭声吵得没法睡觉了。"

菲奥德丽莎瞬间明白王子为什么无动于衷了。于是，她从麻袋里抓出一大把珠宝，对男仆说："如果你今晚能不让查米王子喝安眠药水，这些珠宝就是你的了。"

"嗯！我保证，今晚不让查米王子喝安眠药水。"那个男仆收下了珠宝。这时，塔莉苔拉走了过来，她看到那个有小鸟在上面又说又唱的馅饼，大声问道："小厨女，这个馅饼太好玩儿了，你打算多少钱卖给我呢！"

"不要钱，你只要让我在回音室中睡一晚就行。"菲奥德丽莎说。

"只要你把馅饼给我，没有问题。"塔莉苔拉贪婪地说道。到了晚上，菲奥德丽莎等所有人都睡着了，就开始和前两夜一样哀哭起来。

"啊！查米，"菲奥德丽莎边哭边说，"我究竟做错了什么，你要这样抛弃我，跟塔莉苔拉结婚！我为了找你，走了那么多路，受了那么多的苦！"

那个接受贿赂的男仆果然没有食言，用一杯白水代替了

安眠药水，给查米王子喝了下去。那晚，查米王子没有睡着，菲奥德丽莎说的每一个字、每一句话，他都听得清清楚楚，并听出了是菲奥德丽莎公主的声音。但是，他不知道公主现在究竟在哪儿，他怎么会听到公主的声音。

"公主，我一直深爱着你，从未变过，但是你为什么背叛我，向可恶的王后屈服？" 王子兴奋地叫了起来。

菲奥德丽莎听了查米王子问的话，立刻答道："你找来小厨女，她会向你解释清楚一切的。"

于是，查米王子找来仆人，说："你们谁要是能找到小厨女，立刻带她来见我。"

"王子殿下，这很容易，小厨女就在您的回音室里。"仆人们答道。

听到仆人的话，查米王子感到很困惑："她怎么会在回音室里，为什么她的声音跟公主的声音那么像？"不管怎样，他还是穿好衣服，通过神秘的小梯子，进入回音室。一打开门，他就看到自己心爱的菲奥德丽莎公主正倚在一堆靠垫上，这时的公主已经不是小厨女的打扮了。她穿着一件白色的丝袍，一头金色的长发在温柔的烛光映衬下闪闪发亮。查米王子欣喜若狂，一个箭步冲了过去，跪在公主面前，迫不及待地向公主提了一连串的问题，公主都不知道先回答哪一个好了。能再重逢，他们都非常高兴。他们现在只担心一个人，那就是可恶的马兹拉仙女。这时，魔法师和一位仙女走了进来，这个仙女就是赠送神奇蛋给菲奥德丽莎公主的那个人。他们告诉查米王子和菲奥德丽莎公主，他们决定联合起来对付马兹拉仙女。这时，马兹拉已无力再对查米王子施什么魔法了，只要查米王子愿意，他随时都可以娶美丽的菲奥德丽莎为妻，查米王子高兴得手舞足蹈。

天一亮，王宫里所有的人都知道了，王子要娶菲奥德丽莎为妻。塔莉苔拉知道了这个消息，立刻跑来质问查米王子。当她看到漂亮的菲奥德丽莎时，怒不可遏，但她还没来得及说一句话，就被魔法师和仙女变成了一只棕色的猫头鹰，发出可怕的叫声，从王宫的窗户飞了出去。

随后，查米王子和菲奥德丽莎公主在王宫举行了隆重的婚礼。从此，他们过上了幸福的生活。

鹳鸟国王的故事

　　在一个晴朗的午后，巴格达城哈里发国王悠然自得地躺在一张摇椅上，抽着长长的烟管，喝着女仆递上的咖啡，时不时捻着自己的长胡子，显得十分惬意。谁都看得出，此时国王的心情愉悦，这个时候拜见他，是最佳时机。因此，他的大臣曼苏耳每天总是挑选这个时候找他办事。

　　今天，曼苏耳大臣像平时一样去拜见国王，与往日不同的是，今天他显得心事重重。国王看见他，放下烟管，关切地问："曼苏耳，你看起来很焦虑啊？"

　　曼苏耳大臣来到国王面前，双手交叉放在胸前，向国王深鞠一躬，虔诚地说："陛下，您已经看出来了，我的确有一点儿焦虑。事情是这样的，后宫里来了个小贩，他有好多漂亮的物品，可是，我没有足够的钱，买不起，因此很苦恼。"

国王一直想找机会送给曼苏耳大臣一件礼物。于是，他令侍从把小贩叫来。很快，小贩就被带了过来。这个小贩个子矮矮的，皮肤黑黑的，穿着一身破旧的衣服。他打开盒子，把自己带来的所有物品一一陈列出来。他的漂亮小玩意儿真多，有成串的珍珠、装有弹药的火枪，还有戒指、杯子、梳子等。国王查看一遍后，替自己和曼苏耳大臣挑了几把漂亮的火枪，又特地为曼苏耳的妻子买了一把镶有宝石的梳子。

当小贩要关上盒子时，国王突然看到里面有一个小抽屉，他问小贩，抽屉里有什么好东西。小贩打开抽屉，里面装有一个小匣子和一卷书稿。匣子里面装着黑色粉末，不知是什么东西。书稿上的文字十分古怪，国王和大臣都看不懂。

"这两样东西，是一个商人在麦加的大街上卖给我的。"小贩对国王说，"我也不知道他从哪里弄来的，里面是什么东西。这些东西我也不需要，陛下，如果您想要的话，随便给我点儿钱就行。"

国王虽然看不懂那些文字，但因为好奇，还是把书稿和小匣子都买了下来，因为他一直都很喜欢收藏古籍。小贩走后，国王非常想知道书稿上到底写了些什么，便问曼苏耳大臣："你知道谁能将这些古怪的文字翻译出来吗？"

"尊敬的国王陛下，清真寺旁住着一位名叫萨林姆的老人，这个人精通各国语言，博古通今，也许他能看懂书稿。"曼苏耳大臣答道。

于是，国王立即派人把学识渊博的萨林姆请来，对他说："萨林姆，久闻你博古通今，那么你能看懂这卷书稿吗？如

果你能将它们译出来，我会赐给你一件象征荣耀的锦袍；如果你不能，只能说明你根本就是浪得虚名。"

萨林姆深鞠一躬说："遵旨，国王陛下，我会尽我的全力。"说完，他盯着书稿认真地读了起来。突然，他大声喊了出来："国王陛下，我非常确定这是拉丁文。"

"好吧，你说这是拉丁文，那你能告诉我们，书上到底写了些什么内容吗？"国王追问。

萨林姆把书稿的内容一句一句地翻译给国王听："感谢安拉的恩赐，无论谁，吸了小匣子里的黑色粉末，并念一声咒语'穆迭波'，他就能随心所欲地变成任何一种动物，从此能听懂动物们的语言。倘若他想再恢复人形，只要面朝东方鞠三个躬，再念一遍那句咒语即可。要切记的是，变成动物后千万别笑，否则，他就会忘了那句咒语，再也无法恢复人形。"

国王知道书稿的内容后，十分高兴。他赐给萨林姆一件荣耀锦袍，并让萨林姆发誓，不要把这件事情告诉其他人，随后奖赏了他，让他离开了。

国王对曼苏耳大臣说："曼苏耳，我们真是太幸运了，今天算是捡到大便宜了，我真希望马上就变成动物。你明天早上早点儿来王宫，我们一起去乡下，在乡间吸一点儿小匣子里的粉末，听听乡下动物们的谈话，肯定十分有趣。"

第二天一早，国王穿好衣服，吃完早餐，把小匣子藏在腰带里，在曼苏耳大臣的陪同下到乡下去了。他们走过王宫的花园时，想找一些能吸引他们尝试魔法的动物，可惜没有找到。大臣建议，再去远一点儿的地方，城外有个池塘，经常有许多不同种类的动物在那儿活动。其中有一种鸟叫鹳，非常引人注目，它们神情严肃，看起来很尊贵，常叽叽喳喳地叫个不停。

国王听了曼苏耳大臣的话后，径直朝小池塘走去。刚到池塘，他们就看到了一只鹳。这只鹳雄壮威武，正趾高气扬地来回踱步，一边寻找青蛙，一边喃喃自语。这时，天空中又出现一只鹳，它径直向第一只鹳飞去。

大臣对国王说道："我用我的胡子打赌，这两个鹳聚在一起，一定会长聊一番。我们现在也变成鹳，你看怎样？"

国王答道："好主意！但是变成鹳后，我们千万不能笑，一笑，我们就会忘记那句咒语。忘记咒语，我们就变不回人形，也就回不了王宫了。首先，我们要牢牢记住，变成动物后，怎么做才能恢复人形，应该是面朝东方鞠三个躬，念一声咒语'穆迭波'。"

国王正说话时，看见第二只鹳在他的头顶上方慢慢地飞来飞去。国王连忙把小匣子从腰带中取了下来，朝着匣子里的粉末深深地吸了一口。然后，国王把匣子递给大臣，大臣也按照国王的样子，深深吸了一口粉末。之后，他们一起大声念起咒语"穆迭波"。

刹那间，他们的双脚开始收缩，变得又细又长，漂亮的靴子变成了笨拙的鹳爪，手臂则变成了一对翅膀，脖子像发芽似的，从两肩中间不断往上蹿，足有一码长，胡子也消失了，浑身长满了羽毛。

看到自己变成鹳的模样，国王有点惊慌失措，茫然地站在一边。然后，他回过头开玩笑地对曼苏耳大臣说："曼苏耳，你的嘴巴好漂亮啊，我还是第一次见到这么美丽的长嘴巴，我以先知的胡子发誓。"

"谢谢夸奖，"大臣弯下他的长脖子对国王说，"陛下！我斗胆地说，您变成鹳的样子，比您做国王时更英俊潇洒。如果您愿意，我们现在去找其他的鹳鸟，听听它们在说什么？"

这时，第二只鹳已经飞落到了地面上。它用爪子抹了抹嘴巴，又理了理羽毛，然后朝着第一只鹳走了过去。变成鹳的国王和大臣，连忙跟了上去，站在它们中间，耐心地听它们的对话。

"早上好！长腿夫人，今天你来得真早啊！"第二只鹳鸟说。

"是啊，唠叨小姐，我正在觅食，你要不要尝点儿蜥蜴或青蛙？"第一只鹳鸟答道。

"谢谢你，长腿夫人，我今天早上胃口不是很好，我来这里是有其他事的。今天，我将在父亲的宾客面前跳舞，现在先来草地上练习练习。"第一只鹳鸟说完，就开始跳起舞来，舞姿非常优美。国王和大臣在一旁看得目瞪口呆。最后，鹳鸟一条腿站立，摆出一个优美的谢幕姿势，优雅地拍打着翅膀。看了它们的精彩表演，国王和大臣爆发出一阵爽朗的笑声，笑了好久才停下来。

国王笑完后对大臣说："这是我有生以来见过的最有趣的事情了，可惜这两只鸟被我们的笑声吓跑了，不然它们肯定还会继续唱歌跳舞。"

这时，大臣突然担心起来，书上说变成动物后千万不能笑，否则就会忘记咒语，恢复不了人形。紧接着，国王似乎也意识到了什么，惊恐地叫了起来："天哪！我真的记不起那个咒语是什么了。曼苏耳大臣，你赶快想想是句什么话？我可不想一辈子都做一只鹳鸟，那样太可悲了。"

"面朝东方鞠三次躬，咒语是'穆……穆……'"大臣语无伦次地说。

国王和大臣连忙转身面向东，深深地鞠了三个躬，嘴巴都碰到了地上。可是，令人担心的事还是发生了，他们一点儿也想不起来咒语是什么了。不论它们怎么向东鞠躬，再怎么绞尽脑汁，也想不起那句咒语了。可怜的国王和曼苏耳大臣，看来只能一辈子做鹳鸟，怎么也变不回去了。他们的心

情无比沮丧。

　　国王和曼苏耳大臣悲伤地在草地上四处游荡，悲恸欲绝，根本静不下心来思考下一步该怎么办才好。既不能摆脱这副怪鸟的模样，又不能回到城里去，即便他们告诉别人自己的真实身份，估计也没有人会相信他们的。即便有人相信，臣民们也不愿让一只鸟做他们的国王。

　　两只鹳万般无奈，只能四处流浪，每天靠吃水果充饥，长长的鸟嘴吃起水果来非常麻烦。身陷困境，唯一令他们欣慰的是，他们都长有一对翅膀，可以自由地翱翔。因此，国王和大臣经常盘旋在巴格达的上空，关注城里发生的事情。

刚开始的几天，国王和大臣发现大街小巷有骚动不安的迹象。到了第四天，他们站在王宫的屋顶上，看见大街上有一支队伍，在锣鼓声中浩浩荡荡地前进。其中有一个人，身披红色斗篷，骑着一匹装饰奢华的白马，由一群奴仆簇拥着。巴格达城里有一半的人跟在他的后面，大声齐呼："万岁，米扎尔，您是巴格达的新国王。"

两只鹳鸟站在屋顶上看得目瞪口呆，他们你看看我，我看看你，都愣住了。这时，哈里发国王说："曼苏耳大臣，你猜到了吗？为什么我们会被施了魔法？这个米扎尔，就是我的死敌——巫师卡奇努的儿子。卡奇努曾发毒誓，要报复我。但我不会绝望，更不会束手待毙，让他的阴谋得逞。跟我一起来吧，我忠实的朋友，我们去先知的墓地，也许在那块神圣的土地上，能破解身上的魔法。"

于是，化身为两只鹳鸟的国王和曼苏耳大臣展开翅膀，飞往圣地麦地那。

由于这两只鹳鸟没有好好地练习过飞行，所以长途飞行对他们来说相当吃力。才飞了几个小时，大臣便气喘吁吁地对国王说道："国王陛下，我实在飞不动了，你飞得太快，我实在跟不上你。现在，天快黑了，我们应该找个地方休息一晚！"

国王听从了大臣的建议，这时在他们下方有个山谷，山谷中有一所破房子，应该是个理想的栖身地。于是，两只鹳鸟便飞向那所房子。这所房子以前曾是一座城堡，几根漂亮挺拔的大柱子，还伫立在一堆碎砖瓦片中，而且这里有几个房间还保留着原先富丽堂皇的模样。国王和大臣在走廊上空飞来飞去，想找块地方落脚。突然，大臣停了下来，对国王说道："陛下，我现在真的很害怕，我似乎听到周围有人在唉声叹气"。

听了曼苏耳的话，国王也屏住呼吸，静下心来听，他也听到了微弱的哭泣声，这声音好像是人发出的。国王出于好奇，循声飞过去寻找，曼苏耳赶忙用嘴巴咬住国王的翅膀，求他不要飞过去，以免遭遇不测。虽然国王已变成了一只鹳鸟，但他依然拥有做国王时的勇敢。

国王用力地摆脱了曼苏耳的阻拦，沿着黑暗的走廊勇敢地飞了过去。国王看到有一扇房门微微开启，叹气声和哭泣声就是从里面传出来的。他用嘴巴轻轻地把门推开，停在了门槛上，眼前的景象，让他大吃一惊。这是一间破旧的房屋，微弱的光线从一扇小窗中透了进来，地上坐着一只很大的苍鹄，这只苍鹄不断地发出一声声的哀哭，豆大的泪珠从他的眼中滚落下来。

苍鹄看到国王以及大臣化成的鹳鸟相继飞来，连忙用翅膀抹去眼中的泪水，高兴地叫了起来。令国王和大臣吃惊的是，这次苍鹄竟然用人的语言说起话来："欢迎鹳鸟先生们，看到你们，我就有救了，曾经有人告诉过我，只有鹳鸟能解救我。"

国王慢慢回过神来，优雅地站在那儿，低下自己长长的脖子，对苍鹄说："哦，苍鹄，听你这么说，我就明白了，你应该跟我们有一样的遭遇，被施了魔法变成了鸟。你希望通过我们获得解脱，我可能让你失望了，我们现在连自己都救不了。"

苍鹄恳求国王，把他们不幸的遭遇告诉她。于是，国王就把自己如何变成鹳鸟的经过详细述说了一遍。

听完国王的述说后，苍鹄深表感激，然后对国王说："你也听听我的不幸经历吧。我是印度国王的独生女，名叫露莎。那个报复你的卡奇努巫师，也是带给我不幸的罪魁祸首。一天，他前来拜访我的父亲，恳求把我嫁给他的儿子米扎尔亲王。父亲坚决不同意，并不顾后果地派人把他扔到了楼下。不久，那个无耻的卡奇努巫师乔装成了一个奴仆，想方设法地接近我。一天，我在花园里玩耍时，感到有点渴，就让这个奴仆给我拿些饮料。他趁机将一种有魔法的药混入饮料中，我喝了后，就变成现在这副令人讨厌的模样。当我第一次看到自己变成鸟的样子时，吓得晕死了过去。这个无耻之徒，就把我弄到了这个荒谷，囚禁在这所房子里。他还凶神恶煞般地朝我吼道：'这辈子你就老老实实待在这所房子里，休想出去，除非有人向你求婚。这是我对你那不识抬举、目空一切的父亲的报复。'这几个月以来，我孤零零地待在这间破烂不堪的小屋里，整日伤心流泪。那些光临这里的野兽，见了我都躲得远远的，怎么会有人靠近我。白天，我像盲人一样，一点儿也无法欣赏大自然的美景；只有在晚上，借助惨淡的月光，我才能将蒙住我双眼的面纱揭开，隐约地观看夜色。"

说到这里，苍鹄已经哭得难以自持，对悲伤往事的回忆，使她陷入极度的悲痛之中。但她极力控制着自己的情绪，不停地用翅膀抹去眼中的泪水。

国王听了公主的不幸遭遇后，沉默良久。

苍鹄接着说："在我年幼的时候，有个绝顶聪明的人曾对我说，日后会有一只鹳鸟向我求婚，他将带我摆脱困境，重获幸福。我想用不了多久，我们就能找到摆脱困境的办法。"

国王听后很惊讶，连忙问，"具体怎么做呢？"

"那个罪该万死的卡奇努法师，每个月都会邀请他的狐朋狗友来这个废墟一趟。离我的房间不远处，有一个大厅，他们会在那儿喝酒。我观察了他们好久，这帮家伙喜欢在酒桌上各自吹嘘自己的罪恶勾当，以显摆自己的本事。也许他们在饮酒时，会提及你们忘了的咒语。"公主说。

"啊！尊贵的公主，快告诉我，巫师下次宴请他的那些朋友是什么时间，大厅又在何处？"国王激动地问。

"你要先发誓答应我一件事情，我再回答你的问题。陛下，原谅我，我也有不得已的苦衷。"苍鹄沉默良久，郑重地说。

"你有什么请求，就直接说吧，我会竭尽所能帮助你的。"国王有点儿不耐烦地说。

"你知道的，我迫切地渴望重获自由，重见光明，但是要实现这个愿望，你们俩之间必须有一个人向我求婚。"苍鹄说。

两只鹳鸟听到苍鹄的话，面面相觑，都不作声。国王把曼苏耳拉到一边，商量该怎么办。

哈里发国王和曼苏耳来到房门外，国王先说："曼苏耳，你说我们该怎么办？这可是件令人头痛的麻烦事，要不，你就向她求婚吧！"

"这怎么行！"曼苏耳大臣惊叫起来，"你知道，我是出了名的妻管严，要是我老婆知道了这件事，我不知道该怎么办。再说，我一把老骨头了，结婚不是耽误人家吗？陛下，您如今正年富力强，公主年龄与你相仿，又聪明漂亮，你们正好是天造地设的一对。"

国王神情沮丧地低着头说："你怎么知道她年轻漂亮？她现在是一个苍鹄，谁知道她的真面目是什么样子？"

俩人争论了许久，国王彻底失望了，他知道曼苏耳大臣宁肯做一辈子的鹳鸟，也不愿娶这只苍鹄。国王可不愿一辈子做只鹳鸟，哪怕付出再大的代价，他也要重新做回人。于是，他下定决心，应允了苍鹄的要求。苍鹄十分开心。她说，他们来得早不如来得巧，就在当天晚上，那个可恶的巫师就要在这里宴请他的朋友。

说完，苍鹄带着两只鹳鸟，沿着长长的黑漆漆的走廊，走向那个大厅。在走廊的尽头，有一堵倒塌的墙，一丝亮光从墙上的缝隙间透了出来。他们来到墙边，苍鹄让他们保持绝对的安静。透过墙上的缝隙，他们可以俯瞰整个大厅，把里面的一切看得清清楚楚。

大厅中有数根雕刻着各种花纹的精美石柱，天花板上吊着好几只彩灯。大厅的中央摆放着一张圆桌，桌子上摆满了各种美食，旁边的椅子上坐着八个人，其中就有那个卖匣子的小贩。哈里发和曼苏耳一眼就认出了这个可恶的坏蛋。小贩的旁边有个巫师，正央求他讲讲最近都做了哪些坏事。于是，小贩得意地炫耀起来。国王和大臣则屏住呼吸，聆听他讲的坏事中，是否有关于自己变鹳鸟的事。

"你告诉他们的咒语是什么？"另一个法师好奇地问小贩。

"一个非常难的拉丁语，叫'穆迭波'。"

两只鹳鸟听到这句咒语，高兴得手舞足蹈。他们飞快地跑向城堡的大门口，苍鹊紧随其后。到了大门口，国王转身面向公主，深情款款地说："幸亏有你，我跟我的朋友才能获救，为了表达我的感激之情，我现在正式向你求婚，请求你做我的新娘。"说完，国王和大臣一起转过身去，弯下长长的脖子，面向东方冉冉升起的太阳，深深地鞠了三个躬，口中念道："穆迭波。"眨眼间，两只鹳鸟就恢复了人形。国王和大臣欣喜若狂，他们紧紧拥抱在一起，又哭又笑。当他们转过身来，眼前的一幕更让他们呆若木鸡。一位身着华丽服饰，亭亭玉立，美若天仙的姑娘出现在他们面前。

只见那位姑娘面带着微笑，款款伸出一只手，说："我就是那只苍鹄。"

原来是她。国王立即被公主的美貌和优雅的举止倾倒。他说，自己这辈子最幸运的事，就是曾非常荣幸地变成一只鹳鸟，认识了这位美丽的公主。变回人形的三个人，一起前往巴格达。在回家的路上，哈里发国王幸运地找到了那只装有魔法的小匣子，还发现了自己丢失的钱包。他们在附近的村庄买了必要的旅行物品，一起来到了巴格达的城门外。

巴格达城的人们都以为国王早已去世了，当他们看到他们爱戴的国王又出现时，个个兴奋得手舞足蹈。

而那个趁国王不在期间篡夺了王位的米扎尔亲王，完全不受臣民们拥戴。看到老国王回来了，受蒙骗的臣民们立即拥向王宫，把篡夺王位的米扎尔亲王和害得国王变成鹳鸟的卡奇努巫师抓了起来。

哈里发国王立即命令手下人处死了巫师。他给米扎尔亲王两条路：一是死，一是尝试魔粉。米扎尔选择了后者，他吸了一口魔粉，念了一句咒语，立刻变成了一只鹳鸟。国王命令手下人将这只鹳鸟关在笼子里，放在王宫的花园里。

国王和公主结婚后，一直幸福地生活在一起。像以前一样，每天的午后，国王的心情都非常好。有时，他的兴致很高，他会放下国王的架子，高昂着头、紧绷着腿，嘴里不停地嘀咕着，模仿曼苏耳大臣变成鹳鸟时的样子，在屋子里走来走去。他还学曼苏耳大臣面朝东，三鞠躬，大声喊"穆……穆……穆……"却怎么也想不起那句咒语时的滑稽样子。

王后和孩子们看到国王滑稽的表演，经常会被逗得合不拢嘴。不过，每当此时，曼苏耳大臣也会笑着威胁国王，如果他再继续学他变鹳鸟时的滑稽模样，他就会把那天晚上在苍鹄门外，他们争论谁向苍鹄求婚的事告诉给王后。

玫瑰花公主

　　我们知道每个人都会死，即使有长生秘诀的仙女，能活几百年，最终也难逃一死。尤其是她们每星期必须做一天动物时，遭受意外死亡的概率更高。仙女国女王，就死于当动物的这一天。

　　仙女们召开大会，决定选举一位新的王后，经过一番激烈地讨论，推举出了两个候选人，一位叫苏坎妲，另一位叫帕里达米。这两位仙女，法力十分高超，处于伯仲之间，选谁都显得不公平。那该怎么办呢？仙女们经过商议后决定，让她们通过比试法力定胜负，赢的一方将成为新一任仙女国女王。

　　两位仙女所展示的法术，必须是独特的，大家谁也没有见过的，而不是那种普通仙女都能完成的小把戏。苏坎妲仙女决定，培养出一位才华出众的王子，而帕里达米仙女则计划向世人展示一位倾国倾城的公主，公主的美貌世间绝无仅有，任何人见了都会喜欢上她。为了让两位仙女全力准备自己的独特法术，暂时由年老的四位仙女掌管仙女国诸事务。

帕里达米仙女和巴唐国的国王关系十分友好。这个巴唐国国王年轻有为，声名显赫。他的王后巴娜尼斯也非常有魅力。夫妻俩很和睦，从未争吵过，堪称宫廷的楷模。国王和王后膝下只有一个女儿，大家都叫她"玫瑰花"，这个名字源于她白皙的脖子上长了一朵小小的粉红色玫瑰。公主在很小的时候，就表现出非凡的智力，大臣们通常会把她说的每句话都记下来，然后在其他场合中运用。在仙女们召开大会之后的一个午夜，巴娜尼斯王后做了一个奇怪的梦，她大叫一声从梦中惊醒，对跑来的奴仆们说："刚才我做了一个噩梦，梦见我的小公主变成了一束玫瑰花。当我正要把玫瑰花捧在手心时，忽然飞来一只小鸟，把那束玫瑰花给叼走了。"

"你们快过去看看，小公主是不是还完好地睡在摇篮里？"王后讲完刚才的梦境，大声对奴仆们吩咐道。

女仆按照王后的吩咐，飞快地来到公主的睡房。令她们惊慌失措的是，公主真的不见了，摇篮里空空如也。她们四处寻找，真可谓翻箱倒柜，也没有找到公主。王后得知公主失踪的消息后，万分悲痛。国王对公主的失踪也是伤心欲绝。但作为一个男人，又是一国之君，他只能强忍内心的悲痛，安慰自己的妻子。为了让自己和王后不触景伤情，国王对王后说："咱们还是到乡下的一座宫殿去住上一段时间吧！"

王后听从了国王的安排。自从公主不见后，她一直沉浸在悲痛之中，非常反感城里喜气洋洋的欢乐气氛。在一个凉爽的

夏夜，国王和王后并肩坐在一片星状的草地上，十二条绿荫大道，就像星星的十二个棱角，一闪一闪，散发着迷人的光芒，从草地向外延伸。王后环顾四周，惊讶地发现，在这十二条林荫大道上，分别有十二位美丽的农家女，正朝他们走来，她们每人手中都拎着一只竹篮。农家女们走到王后面前，把竹篮放在王后身边，对她说："美丽的王后，对你们失去公主，我们深表同情，愿这些孩子，能给你带来些许安慰。"

王后打开身边的竹篮，发现每个竹篮里都躺着一个女婴。看到女婴，王后马上想起了失踪的公主，不禁又伤心落泪起来。但是，看到这些可爱的农家孩子，王后很快就忘记了自己的忧伤。为了这些可爱的女婴，她找来了奶妈、看守摇篮的人和侍女，和她们一起去荡秋千、玩布娃娃，并给她们做新衣服和好吃的东西。

更令王后惊讶的是，这十二个女婴的脖子上，都长有一朵小小的粉红色玫瑰花。王后想为这些可爱的女婴起个合适的名字，但她发现，取名字可不是件容易的事情。于是，王后决定用她们各自脖子上玫瑰的颜色来给她们命名。当这些女孩在一起玩耍的时候，好像一簇色彩明亮、鲜艳美丽的花朵。随着她们一天天地长大，尽管她们所受的教育相同，而且每个人都聪明可爱，但她们身上却慢慢开始凸显出不同的气质和品性。由于王后忘记了她们每个人名字的颜色，就又给她们重起了新的称呼，比如甜甜、美人，或者快乐天使……

这些美丽的姑娘，引来了很多人的追求，有的王子不远千里慕名赶来，只为一睹她们的风采。姑娘们对待每个追求者，都很小心谨慎，对每个王子都一视同仁。

我们回头来看看苏坎妲仙女，她选中了另一个国家的国王（他是巴唐国国王的表弟）的儿子米瑞佛罗。苏坎妲决定将他培养成一位花心的王子。在小王子的洗礼仪式上，仙女毫不保留地将王子希望得到的美好的心灵和俊美的外表都赐予了他，同时也赐予他气质与魅力。具有诸多优点的王子，不管他的态度是粗俗还是友好，衣着是质朴还是华丽，举止是轻浮还是稳重，看起来总是风流倜傥、英俊潇洒，令人不可抗拒。

毫无疑问王子是个很有魅力的男子，因为仙女已将聪明的头脑和美好的心灵都赐给了他。但这个名叫米瑞佛罗的王子，同时也一是个很花心的多情郎，总是让人捉摸不透。在他十八周岁时，就已经成功地让全国上下所有的人都喜欢上了他，可王子却早已厌倦了这些人。

恰在此时，巴唐国国王邀请米瑞佛罗王子去他的王国做客。王子一到巴唐国的王宫，就看见了那十二位漂亮的姑娘，王子激动得差点跳了起来。十二位美丽的姑娘同时喜欢上了米瑞佛罗王子，王子也喜欢她们十二个人中的每一个人。他们在一起玩耍，只要离开姑娘们，哪怕一小会儿，王子就会感到非常不开心。王子喜欢与"甜甜"说悄悄话，喜欢和"快乐天使"一起开怀大笑，同时又两只眼睛直直地盯着"美人"；有时他喜欢和表情严肃的"端庄"在草地上聊天，同时拉着"悦人"的手，而此时其他的姑娘们就在他身边安静地待着。

王子感觉和她们在一起，是他一生中最快乐的事情，他也第一次真正感受到爱上别人是一种多么奇妙的感觉。可是他同时爱上了十二位姑娘，这种行为连苏坎妲仙女也感到迷惑。而帕里达米仙女对这种情形一句话也不多说。

王子的父亲，竭力想替他找一位才貌双全的姑娘做妻子，几次写信催他回国，王子总是置之不理，世上再没有任何东西能让他离开这十二位姑娘了。

有一天，王后在花园里举行一场盛大的舞会，邀请了许多客人。王子还像平常一样，将全部注意力分散在这十二位美人身上。突然，传来了一阵蜜蜂"嗡嗡"的声音，姑娘们惊恐万分，惊叫着四处躲避。更可怕的是，这些蜜蜂瞬间变得巨大无比，它们各抓了一位姑娘，转眼就消失得无影无踪。十二位姑娘被蜜蜂抓走的消息，令整个王宫陷入巨大的悲痛之中，当然最痛苦的人当属米瑞佛罗王子。在历经最初刻骨

铭心的剧痛后，米瑞佛罗王子像丢了魂似的，渐渐变得郁郁寡欢、沉默不语，常呆呆地坐着或者站着，一动也不动。苏坎妲仙女试图缓解王子内心的痛苦，就给他带了很多漂亮公主的画像让他选择。可是，王子对这些画像不屑一顾，拒绝了仙女的好意。显然，王子的心情糟糕透了，连仙女也毫无办法安慰王子。

一天，米瑞佛罗王子在花园里漫无目的地闲逛，此时，他还沉浸在回首往事的哀伤中。突然，他听到一阵惊叫声。要是王子稍稍抬起头，他就会像其他人那样，惊讶地看到六位美丽的少女，用玫瑰红的丝带拉着一辆闪耀着五彩光芒的水晶礼车，从空中缓缓地驶下来。礼车上面还有几位美丽的少女，她们手捧着玫瑰花环，形成了一个完整的罩篷，车上坐着帕里达米仙女和一位美丽的公主。礼车停在花园里后，她们踩着梯子从车上缓缓而下，径直走向王后的寝宫。这时，王宫里所有的人都拥了过来，把王后寝宫围得水泄不通，这精彩绝伦的一幕，一生能看到几次？他们可都不想错过。当人们看到这么美丽的公主时，用"绝世美女、貌若天仙"等词已不足以形容她的美貌了。

"尊敬的王后陛下，"帕里达米仙女见了王后，对她说道，"这就是你的女儿——玫瑰花，当初是我把她从摇篮中偷走的，现在我把她送还给你。"

王后听后悲喜交加，忙问仙女："可是那十二位可爱的姑娘去了哪里？她们还会回来吗？"

仙女回答道："她们不会回来了，不久你就会忘了她们。"帕里达米仙女说完，转身返回到水晶礼车上，礼车腾空而起，片刻间就不见了踪影。

王子虽然知道公主回到了王宫的消息，可他心里一直惦记着那十二位姑娘，没有心思去看自己的表妹。不过，出于礼貌，王子必须去拜见公主，以示对她的尊重。与公主见面还不到五分钟，王子就惊讶地发现，公主身上兼备了那十二位姑娘所有的性格，那些性格深深地吸引着他，让他难以取舍。现在他终于释怀了，不用再整天惦念那十二位姑娘了，因为她们被他的表妹一人取代了。哦，他还从未这么全心全意地只爱一个人呢。王子当场向相识还不到几分钟的公主求婚。

刚求完婚，帕里达米仙女就坐着仙女国女王的马车出现了，面带着胜利的微笑。帕里达米仙女将自己的法术，向众人叙述了一遍：她先把玫瑰花公主从摇篮中偷走，把她的品行分成十二部分，分别赋予十二位姑娘，每个姑娘都会吸引米瑞佛罗王子。当十二位姑娘的品行重新聚合在一个人的身上时，王子用情不专的毛病就彻底治愈了。

在王子与公主的婚礼马上就要举行的时候，被帕里达米打败的苏坎妲仙女，也为他们送来了精美的礼物，并出席了婚礼。重新集合为一体的"玫瑰花"公主确实魅力不可挡，招人喜爱。米瑞佛罗王子对公主的爱，始终没有改变，他再也没有喜欢过别人。而公主对王子的爱，比那十二位姑娘加在一起还要多。从此，他们两个人幸福地生活在一起，并将他们的王国治理得井井有条，繁荣富强。

三只小猪

很久以前，有一头老母猪，它有三只猪宝宝，住在一座宽大舒适的农场里。最大的猪宝宝名叫小褐，第二个猪宝宝叫小白，最小的也是最漂亮的猪宝宝叫小黑。

小褐整天脏兮兮的，一到下雨的时候，它就偷偷地从母猪身边溜走，去院子里玩泥巴。它在泥巴里，不停地翻呀、滚呀、爬呀，玩得非常痛快。猪妈妈见它这么喜欢玩泥巴，很生气，也很伤心，经常对它说："小褐啊小褐，你这么喜欢玩泥巴，不听妈妈的话，总有一天你会后悔的。"但是，无论猪妈妈怎么告诫它，它都当成耳边风，不予理睬。

小白是只非常聪明的小猪，不过它很贪吃，满脑子想的就是吃，总是盼望晚餐早点到来。每次主人家的小女孩拎着食桶走进院子里，它就后腿撑在地上，身子高高抬起，兴奋地对着小女孩摇头摆尾。小女孩一把食物倒进食槽里，小白

就迫不及待地冲过去，把小黑和小褐推到一边，以便让自己吃到更多更好的东西。猪妈妈总是告诫它，不要太自私，要学会谦让，更不要贪吃。可不管猪妈妈怎么说，小白贪吃的毛病怎么也改不了。

而小黑是一只善良、惹人喜爱的小猪，它既干净又不贪吃，有一身油光水滑的皮毛，长得非常结实。比起小白和小褐，小黑显得更聪明，猪妈妈每次听到主人表扬小黑时，总是觉得很骄傲。

日子一天天地过去，猪妈妈年纪越来越大，身体也越来越差。一天，它感觉自己快不行了，就把三个孩子唤到了跟前，对它们说道："孩子们，妈妈年老体衰，恐怕活不了多长时间了。在我去世之前，我打算给你们每人建一所房子。因为，另一家小猪马上就要搬进这所旧猪圈，到那个时候，你们就不得不搬到别的地方住了。小褐，你先说，你想要什么样的房子？"

"一座泥巴做的房子。"小褐一边回答着妈妈的问题，一边目不转睛看着院子里的大水洼。猪妈妈对小褐很失望。然后，她看着第二个孩子小白，问道："你呢，小白？你想要什么样的房子？"

小白吃着满嘴食物，想都没想就嘟哝着回答说："一座卷心菜做的房子。"说完，它忙着继续在猪槽里找东西吃。

"真是个傻孩子。"猪妈妈非常痛心地说道。之后，它又问了自己最小的孩子："你呢，小黑？你想要座什么样的房子？"

"妈妈，我想要一座砖头建造的房子，砖房子不仅结实安全，而且冬暖夏凉。"

"你的这个想法很好，"猪妈妈无限疼爱地看着自己最小的儿子说，"我会尽快为你们建造好这三座房子。最后，我还要给你们一个警告，你们还记得那个大坏蛋狐狸吗？如果它知道我死了，肯定会想方设法把你们抓回它的窝里，然后吃掉你们。它很狡猾，会乔装成你们的朋友让你们开门，你们一开门，它就会闯进去，抓走你们。你们一定要答应我，不论在什么情况下，都不要给它开门，更别让它进屋。"

三只小猪满口答应了，因为它们早就听说过许多有关狐狸的恐怖故事，对它一直深怀恐惧。没过多久，猪妈妈就去世了，三只小猪也回到各自的房子，开始新的生活。

小褐看见自己那用泥巴和土块做成的房子，十分开心，整日在屋子里翻来滚去，尽情玩耍，不但将房间弄得乱七八糟，更是将自己弄得浑身是污泥。一天，正当小褐懒洋洋地躺在泥巴堆里准备睡觉的时候，突然听到一阵轻轻的敲门声，只听见有人轻言细语地说道："亲爱的小褐，我能进来吗？我想看看你漂亮的新房子。"

"你是谁？"小褐警惕地问道。小褐知道那声音，虽然听上去很温柔，但肯定是装出来的。它明白，敲门的不是别人，正是可怕的狐狸。

"我是你们的老朋友，特地过来看望你。"来者又说道。

"不，你是骗我的，你不是我的朋友，你是那个大坏蛋狐狸，妈妈早就提醒过我们。我是不会开门放你进来的。"小褐坚定地回答。

"哦！既然你知道我是狐狸，就别说什么废话了。"狐狸凶相毕露，用它粗鲁的声音厉声说道。然后，它就开始用爪子刨墙，很快，柔软的泥巴墙上被刨出一个大洞。狐狸从洞里跳了进去，死死抓住小褐的脖子，把它扛在肩上，得意扬扬地回到自己的老窝。

第二天，正当小白在屋里用力嚼着卷心菜时，狐狸偷偷地来到小白房门外。狐狸打定主意抓走小白，让它到自己的老窝与它的哥哥做伴。它佯装温柔的声音说："小白，我是你的朋友，快开门让我进去，我想向你讨点甜美的卷心菜做晚餐。"

听了狐狸的话，小白顿时惊慌失措地大声喊道："别碰我的卷心菜，快走开，你不是我的朋友，你是那个大坏蛋狐狸。我小屋的墙是用卷心菜做的，要是你把菜吃了，墙上就会出现破洞，风和雨就会从破洞里进来，那样我会感冒生病的。"可怜的小白吓得大哭起来，它多么希望自己不那么贪

吃，不选择卷心菜，而是选择用坚固的材料做房子啊。可如今，一切都晚了。狐狸很快就在卷心菜墙上啃出了个大洞，它从洞里跳进房间，一把抓住早已吓得浑身发抖的小白，把它带回了自己的老窝。

第三天，狐狸朝小黑的房子走了过来，它决定把三只小猪都抓到它的窝里去，然后把它们杀了，请它的朋友们过来大吃一顿。可是，当狐狸走到小黑的砖房子时，发现门是闩着的，房子也很坚固。于是，它又把自己的伎俩用在小黑身上，说："小黑，让我进去吧，我是你的朋友，我在来的路上捡到许多鸡蛋，特地过来送给你。"

"别说谎了，狡猾的狐狸，你的诡计是骗不了我的，我可不会上当受骗，更不会给你开门。你抓走小褐和小白，不过，在我这儿，你休想得逞。"

听了小黑的话，狐狸怒火中烧，它竭尽全力往墙上撞去，希望能把墙撞倒。但由于房子是用砖建造的，非常牢固，撞墙没有起到任何作用。接着，它又用爪子使劲地刨，直到弄伤了自己的爪子，还是没能进去。最后，狐狸不得不放弃，走的时候前爪流血不止，腿也受了伤。

"走着瞧吧，"狐狸气呼呼地对小黑吼道，"总有一天，我会抓住你，把你带回窝里撕成碎片，吃了你。"

第二天，小黑去邻近的小镇上买了个大水壶和一些生活用品。在回家的路上，它突然听到身后传来狐狸窸窣的脚步声。小黑害怕极了，吓得心脏都快停止跳动了。可是，聪明的它很快就想到了一个奇妙的办法，这时它刚好走到山顶，从上面能看到山脚下绿树丛中自己的小房子。小黑迅速地把壶盖儿打开，跳了进去，缩成一团，然后用前脚盖上壶盖儿，将自己藏得非常严实，最后用脚在壶里轻轻地一踢，水壶就顺着小山坡飞快地滚了下去。狐狸追上来时，只看到一个黑色的大水壶不停地翻滚。

狐狸失望极了，正当它准备离开时，忽然看见大水壶停在砖房门前，那个它四处寻找的小黑从里面跳了出来，眨眼间，它就拿着水壶躲进了小屋。小黑进了屋，立即闩上门，关紧所有的窗户。

　　狐狸朝着小黑的房子大声吼道："别以为你耍点儿小聪明就能够逃脱我的手掌心，咱们走着瞧吧。"说完，狐狸溜到小黑的房子旁边，绕着房子转来转去，琢磨着怎样爬到屋顶上去。

　　与此同时，小黑把水壶装满了水，放在火上烧，自己坐在一旁等水烧开。当水壶冒着蒸汽咕咕作响的时候，它忽然听到屋顶上传来轻微的、刻意压低的脚步声，接着它就看到了狐狸的头和前爪已经从烟囱里伸了进来。聪明的小黑立即掀开壶盖儿，随着一声惨叫，狐狸掉进了滚烫的沸水中。狐狸还没来得及转身，小黑快速盖上了壶盖儿。就这样，狐狸被活活烫死在水壶里。

小黑看到狐狸已经死了，就立刻动身去救小褐和小白。小黑来到狐狸的洞穴，听到可怜的小褐和小白正在嗷嗷地哭喊，这几天，它们一直生活在恐惧中。当它们在洞口看到小黑时，再也无法抑制内心的喜悦，高兴得大叫起来。小黑找了一块锋利的石头，割断了绑在它们身上的绳子。

三只小猪一起回到了小黑的砖房子，在那儿快乐地生活着。

小褐改掉了爱在泥里打滚的坏习惯，小白也变得不那么贪吃了。因为它们知道，正是这些缺点，差点让它们丢了性命。

十二个猎手

从前，有一个英俊的王子，刚跟他的情人——一位美丽的公主订完婚。一天，沉浸在幸福之中的王子正和公主在花园里游玩，他的一名贴身随从匆匆来到他的身边，禀告他说，他的父王病危，欲在临终前见他一面，催他速回。王子无奈，只得暂时辞别心上人。临别时，他掏出一枚戒指，对公主说："我必须暂时离开你，你戴上这枚戒指，一刻不要忘了我。我登上王位后，马上回来接你。"

说完，他快马加鞭，直奔自己的王宫。来到父王病床前时，他发现国王已处弥留之际。国王紧握儿子的手说："好孩子，终于见到了你。我恳求你答应我一件事，迎娶邻国的一位公主。"随后，他介绍了这位公主，说她如何漂亮、如何贤惠等，希望儿子一定要娶她为妻。王子不忍违逆病重的父王，尽管心有不甘，还是满口答应了。听了儿子的允诺后，国王满意地闭上了眼睛，去世了。

王子立即继承王位，成为新国王。服丧期一过，他立即履行对父王的承诺，派人前往邻国，向该国公主求婚。该国公主当即答应了。

一直盼望王子登上王位，迅速来接自己的王子原先的情人，听闻心上人与别人订婚的噩耗后，悲恸欲绝，终日茶不思，饭不想，差点儿为此丢掉性命。她的父王看在眼里，痛在心上，劝她说："亲爱的孩子，你为什么要苦苦折磨自己？你有什么需要，尽管说出来，我一定满足你。"

公主止住悲痛，冷静地想了一会儿，说："尊敬的父王，请给我十一个女孩，她们的身材、容貌和年纪，要和我相仿。"

国王说："只要能找到，我一定满足你的要求。"随后，国王派人在全国寻找女孩，终于按照公主的要求，找到了十一个女孩。随后，公主又向国王要了十二套猎装，自己和十一位少女各自穿上一套。万事俱备后，公主辞别国王，带领十一位少女，女扮男装，一起骑马前往心上人的王宫。

到了王宫，公主见到新国王，问他需不需要猎手，她们非常乐意为他效劳。因为化了装，国王并没有认出公主，他看到这十二位猎手个个相貌堂堂，谈吐不凡，便一口答应愿意雇用他们。就这样，她们成了宫中猎手。

国王养有一头非同凡响的雄狮，它洞察一切，很快知晓了猎手们的真相。

一天晚上，狮子对国王说："陛下，您认为新来的十二个猎手，是真正的猎手吗？"

"当然是，有什么问题吗？"国王反问道。

"您错了，"狮子说，"她们是十二位少女。"

"这怎么可能，"国王当即惊讶地说，"你要证明给我看。"

"很简单，只需在王宫会客厅的地板上撒少量的豌豆就行了。"狮子解释说，"男人的脚步沉重，铿锵有力，踩在豌豆上，不会随豌豆滑动；而女孩子呢，脚步轻盈、飘忽，踩在豌豆上，必定会让豌豆四处滚动。" 国王认为狮子的话很有道理，立即安排手下人照办。

幸亏王宫里有一名侍卫非常喜爱这十二位猎手，听说国王要试探她们，就悄悄地提前告诉了她们："国王的狮子说你们都是少女，不是真正的猎手。"他将事情的来龙去脉都告诉了她们。

公主对他感激不尽。等他走后，公主立即叮嘱十一位少女，待明天她们去王宫会客厅时，牢记要用力踩那些豌豆。

第二天一大早，国王果然派人来请她们去王宫会客厅聚合。她们进去时，脚步铿锵有力，踩在豌豆上，没有让一粒豌豆滚开。待她们走后，国王对狮子说："看来你错了，她们不是少女。你也亲眼见证了，他们的脚步完全跟男人一样。"

"她们肯定事先知道了试探她们的消息，"狮子辩解道，"所以她们故意装着像男人一样，用力踩豌豆。不过，为了再次试探她们，请派人在会客厅里摆十二架纺车，她们进来看到后，会高兴地看着它们，而不像男人一样，对它们无动于衷。"

国王很赞同狮子的话，立即吩咐手下在会客厅里摆十二架纺车。

那个好心的侍卫知道后，又将国王要试探她们的消息告诉了公主。他走后，公主立即严令大家去会客厅时，一定不要看纺车。

第二天天一亮，国王再次派人请这十二位猎手去会客厅。这次，狮子又失望了，她们在会客厅里，都没用正眼看一下那些纺车。

这次，国王彻底对狮子失望了，他说："你又错了，你也看见了吧，他们肯定是男人，因为他们没有一个人对纺车感兴趣。"

狮子再次辩解："她们肯定事先知道我们在试探她们，所以在会客厅里看都不看纺车一眼。"但这次，国王已不相信它说的话了。

就这样，这十二名猎手得以继续留在宫中，随国王出去打猎。久而久之，国王越来越喜欢她们了。一天，在外打猎时，她们得到消息，国王不久前求婚的那个邻国公主早已启程，近期就会抵达王宫。这个消息无异于晴空霹雳，当场把国王的老情人，即那个乔扮成猎手的公主击晕了。国王看到她晕倒了，连忙过来照顾她。当他脱下她的手套，看到那枚自己送给初恋情人的戒指时，仔细地打量怀中的猎手，终于认出是公主。国王的心立刻被震撼，他弯下身，亲吻了一下她的唇。没多久，公主就苏醒了，睁开眼死死盯着国王。国王当场宣布："我的心只属于你，你的心也只属于我，我们的心紧紧相连，任何力量也不能使我们再分离。"

至于那位还在途中的公主，国王立即派信使前去，通知她不必前来，尽快返回，并告诉她，"国王已和初恋情人结为夫妻了，既然找到了旧钥匙，就不必配新钥匙了"。

不久，国王和心爱的公主举行了隆重的婚礼，从此幸福地生活在一起。那头狮子呢，重新获得了国王的信任，毕竟它每次说的都是真话。

无心的公主

从前，有一对国王和王后，经常会做出一些可笑的事来，但是他们谁也不嫌弃谁，反而互相欣赏。人们在背后时常议论国王和王后，当然，他们可不敢当面说国王和王后的坏话，毕竟他们是国家的最高统治者，而且在他们的统治下，这个王国一直繁荣富强。

在那个时候，如果要保持王国的繁荣，国王必须与仙女和巫师们搞好关系。国王得时不时送仙女和巫师们一些蛋糕、丝绸之类的礼物。当然，送礼物不是最重要的，重要的是，在各种大型活动中，尤其是王子或公主的洗礼仪式，要切记邀请王国内所有的仙女和巫师出席。

王后的儿子出生不久，近期要接受洗礼。王后花了好几个月的时间制订出一份很长很长的名单，上面写满了参加王子洗礼仪式的宾客的名字。可是，令王后万万想不到的是，读这份名单所花的时间，比制订名单的时间都要长。最后，国王决定亲自宣读名单。洗礼的那一天到来了，国王拿出名单，开始一个个地宣读宾客的名字："某某仙女（或某某巫师），我诚挚地邀请您，光临寒舍，赐福犬子，并赠送您精美的礼物，略表谢意。对您的到来，我们倍感荣幸。"可是当他刚读完第二页时，就已筋疲力尽，加上心里着急，以致念起来结结巴巴。

更糟糕的是，有人进来报告国王，说列在第一页上的仙女们早就已经到了，她们已在大厅里等得很不耐烦了，开始抱怨还没有人出来迎接她们。听了手下人的汇报，手忙脚乱的国王非常着急，立即停止了宣读下面的名单，向大厅奔去，去迎接那些早早到场的仙女。国王对仙女们说了很多好话，恳求仙女们不要因为没有迎接她们而迁怒王子。大多数仙女都被国王诚恳的歉意所感动，表示理解，答应不会因国王接待迟缓而伤害王子。

可是，有一位仙女，她骑着鸵鸟，不远千里特地匆忙赶来参加王子的洗礼仪式。虽然她的名字出现在第一页的名单上，可是在大厅上，既没有人上前接待她，也无人上前把她从鸵鸟上扶下来。为此，她非常恼怒，口中不停地自言自语，所说的话明显对小王子不利。

这位仙女冲国王吼道："哼，别啰唆！不管你怎么央求我，我都不会原谅你的无礼，你的儿子将会受到惩罚，他将来会变成一个小矮人……"

她似乎还不罢休，想赐予小王子更多的不幸。这时，王国的保护者，宅心仁厚的杰纳斯塔仙女赶了过来，及时劝阻了那位仙女进一步惩罚王子。在杰纳斯塔仙女不断地求情和恭维下，那位仙女总算平息了怒火，不再诅咒王子。随后，杰纳斯塔仙女暗示国王，让他开始接收众仙女们的礼物。洗礼仪式结束了，仙女们都陆续离开了王宫，只有杰纳斯塔仙女留了下来。杰纳斯塔跑去见王后，对她说："夫人，都是因为你，事情才变得这样糟糕，当初你为什么不征求一下我的意见呢？像你这样自以为是的女人，总以为自己多了不起，不需要别人帮忙或提意见就能把事情办好。我对你一直这么好，可你竟然没有邀请我参加王子的洗礼，真是太令我失望了！"

国王听完后，跪在仙女面前大声说："我万分敬仰的仙女，我已经诚邀了您，不信的话，您可以看看我的名单，上面还有我做的标记。只是，我还没有来得及读您的大名，才读了两页，就不得不停下来，去大厅迎接那些早到的仙女。"

"算了，算了！"仙女安慰国王道，"你并没有冒犯我，我不是斤斤计较的人，犯不着为这点儿小事生你的气。我们还是说你的儿子吧，虽说我及时劝阻了那位生气的仙女，让王子暂时无性命之忧，但王子必须交给我抚养，等他浑身长满了毛后，你们才能再见他。"

听了仙女的话，国王和王后当场泪流满面。要知道他们的王国处在热带，若是王子浑身长了毛，这对他该是多么重的惩罚啊。

杰纳斯塔仙女安慰国王和王后，让他们不必为王子担心："如果由你们亲自抚养王子，那么他长大后，必定像你们一

样做事没有头脑。我不打算让他知道他的父母是谁。至于你们，还是把全部心思放在治理国家上吧！”说完，仙女就带着王子、摇篮和一些必备品，轻飘飘地从窗户飞了出去，好像在冰上滑行一样。国王和王后放声痛哭，他们询问在场的每一个人，仙女的话究竟是什么意思？为什么再次见到王子时，他要浑身长满毛。没有人能回答他们的问题，不过，大家一致认为，这是一件特别恐怖的事情。国王和王后更加伤心了，他们愁容满面、漫无目的地在宫中来回踱步，无论谁看到他们，都对他们表示同情。

与此同时，仙女将王子带回了自己的城堡，交给了一个年轻的农妇照料。仙女对农妇施了一些魔法，让她误认为王子就是她的亲儿子。在农妇的悉心照料下，王子在这样一个普通、简陋的农户家里茁壮成长。仙女认为，这种农家生活对王子的成长大有益处。随着王子慢慢地长大，仙女和王子相处的时间也逐渐多了起来，王子的心智和身体，都得到了很好的培养和锻炼。

可是，仙女对王子的成长还有更高的要求，她决定让王子回到人类社会中，去经历一些磨难和挫折，更好地了解人情世故。同时，仙女明白她得顶住巨大的压力，全心全意去帮助王子，要知道，虽然王子年龄不断增长，可他的身高却丝毫没长，他已经成为仙女见过的王子中身材最矮小的一个了。庆幸的是，尽管王子个子矮，但是他体魄强壮，浑身充满活力，而且相貌堂堂，特别讨人喜欢。其实，王子自己也明白，周围的人都讥讽他是个侏儒，笑称他为小矮人。但他暗下决心，一定要让“小矮人”这个称呼名满天下。

为了更好地培养王子，完成自己的梦想，仙女时常利用魔法，让王子做一些稀奇古怪的冒险梦。在睡梦中，王子经历了各种曲折的冒险：有时，他梦见自己毫不畏惧地解救一位美丽的公主；有时，他梦见自己英勇善战，纵横驰骋，建立了一个强大的国家；最后，他心里时常出现一个美丽的国度，尽管它很遥远，但他坚信，凭借自己的聪明才智、勇猛刚毅，在那里，出身卑微的他，一定能获得自己的荣耀和财富，让他的名字人尽皆知。

有一天，满怀雄心壮志的王子，终于骑上骏马，离开仙女的城堡，来到了另一座城市。他衣着简朴，随身只带了弓箭和一把长矛，他原本打算在附近的森林里打猎的。他骑在马上，显得英俊潇洒、器宇轩昂。进入城里，王子惊奇地发现，城里的居民，不论男女老幼，纷纷拥向集市。王子非常好奇，也想知道集市上到底发生了什么事，便调转马头，尾随众人，来到了集市上。

在集市的一个高台上，王子看到有几个穿着奇异服饰的异族人，正对着台下水泄不通的人群喊话，像是在宣布什么重要消息。费了好大的劲儿，王子才挤了进去，来到台前。这时，一个外族老人朗声说："诸位，静一静，请听我说！在此，我向全世界宣布，无论谁爬上冰山之巅，都能获得重赏，不仅能迎娶貌美如花的萨比拉公主，还将获得王位的继承权。"

老人宣读完后，扬了扬手中的名单，继续说道："我手中的第一份名单上的王子们，都被公主举世无双的美貌吸引，奋不顾身地试图爬上冰山之巅，可惜他们都失败了。这第二张名单上的王子，是刚刚报名的，他们正跃跃欲试，随时开始冒险。"

小矮人听了老人的话，强烈地想在名单上写下自己的名字，踏上爬冰山的冒险之旅。但是，他一想到自己身材矮小，又无经济实力，就放缓了脚步。正当他犹豫不决时，那个老人毕恭毕敬地让随从捧上来一幅萨比拉公主的画像。王子看了一眼画像后，旋即一个箭步冲了上去，要求在名单上写下自己的名字。那些外族人看到他身材矮小、衣着简朴，面面相觑，显得非常犹豫。他们不敢相信，眼前这个小矮人，竟然也想着去爬高耸入云的冰山，真是太可笑了。

"把名单给我，我要把自己的名字写上去。"王子高傲地喊道。那些外族人只好把名单递给了他。王子对那些外族人狐疑的态度，以及眼神中流露出的不屑非常气愤。他接过名单，郑重地在上面签上自己的绰号——"小矮人"，除了这个绰号外，他还真的想不起自己还有什么名字。看到他的名字，众人哄堂大笑，要知道，名单上的其他名字，都是地位显赫的王子的大名。

"可恶的家伙！"王子怒吼道，"要不是看在美丽的萨比拉公主的分儿上，我必定不容忍你们。"不过，小王子随后也意识到"小矮人"这个名字的确有点儿滑稽可笑，毕竟它只是一个戏称。在这个名字还没有名满天下时，谁见了都会觉得好笑。王子冷静下来，询问大使们，他该怎样去萨比拉公主的王国。

这时的小矮人可谓豪情万丈，浑身上下充满了迎接挑战的决心和勇气，尽管前路困难重重，他早将生死置之度外。

王子担心仙女会设法阻止他，不让他前去，便决定与仙女不辞而别，马上动身。城里见过他的人，知道他要去征服冰山，娶萨比拉公主为妻后，都嘲笑他不自量力。国王和王后听说了此事，他们比别人笑得更加厉害，殊不知，这个勇敢而大胆的小矮人，正是他们的亲生儿子。

王子踏上了征服冰山的旅程，可那些外族大使并没有给他指明方向，只是大概地告诉他：在高加索山北部很远的地方，你会得到征服冰山的命令和指示。小矮人出发的地方，离他要前往的冰山很遥远。

为了避免别人发现自己，嘲笑他的名字，王子避开了所有的城镇，向东方走去。白天他吃野果充饥，晚上就露宿树林里。杰纳斯塔仙女一路上看护着王子，她不忍心看到王子挨饿，便趁王子熟睡时，偷偷地喂给他各种各样好吃的食物。每当王子醒来，就会发现原本空空如也的肚子，竟然一点儿也不饿了，他觉得非常奇怪。

仙女一路上为王子设置了重重险关，以此磨炼他的勇气和毅力。王子每次都能闯过险关。但是，就在最后一次，在与一头凶恶的猛虎搏斗时，他的骏马不幸被老虎咬伤了。王子毫不畏惧，选择徒步前行。他步行来到一个海港，看见有一艘船即将启程，而这艘船的目的地正是他要去的海岸。于是，他倾尽身上的钱，购买了一张船票，登上了那艘船。

然而祸不单行，船平安航行了几天后，竟然在海上遭遇风暴，不幸沉没。可怜的小矮人，置身于茫茫的大海中，只能不停地游啊游。也不知游了多久，他的前方终于出现了一片陆地。他使尽最后的力气，游到岸边，发现那是一座无人的小岛。走投无路的王子只得在小岛上住下，每天靠捕鱼、狩猎为生，时刻盼望着好心的仙女前来救他。

一天，王子正忧伤地眺望着大海，突然看见远方有一艘奇形怪状失去控制的小船，向小岛漂来。小船的速度很快，径直冲向海滩，深陷进沙滩里。王子急忙跑了过去，想看看发生了什么。他惊奇地发现，这艘船的桅杆和樯橹上，竟然长满了枝杈，枝杈上长着茂盛的叶子，远远望去，就像一个小树林。船上毫无动静，王子以为船上无人。待他拨开树枝后，眼前的一幕令他惊讶万分，船上竟然有数名船员，他们一动也不动，样子无比凄惨。这些奄奄一息的船员像树一样站立着，不是紧贴在桅杆上，就是紧挨着船身。显然，他们被施魔法时，接触到什么东西，就保持着什么模样，都被定格了下来。

看到船员的悲惨模样，小矮人非常难过，并心生怜悯，下定决心想尽一切办法也要解救他们。他轻轻地用箭头将他们的身体与捆住他们的树枝分离开，然后，将他们一个个的背到了岸上，用力地搓揉他们因麻木而失去知觉的四肢，并用各种草药的浓汁擦洗他们的身体。经过小矮人悉心地照顾，几天后，船员们就完全恢复了健康。这些草药之所以有这么神奇的功效，原来是杰纳斯塔仙女悄悄对它们施加了魔法。她还托梦告诉小矮人，让他拿着草药的浓汁去彻底擦洗船身，船上的那些树枝便会立刻消失。这真是一个好方法，来的也很及时，要知道，船上的那些树枝按照目前的生长速度，没多久，小船就将变成一片小森林。

船员们对小矮人感恩戴德，他们表示，愿意将小矮人送往他想去的任何地方。小矮人询问他们的船发生了什么情况，船员们谁也说不清是怎么回事。他们告诉小矮人，当船驶过一片海域时，突然刮起了一阵狂风，满天的风沙将他们的船紧紧地裹了起来。船上凡是木质的东西，全都发芽开花了，不久他们就感到四肢麻木、身体僵硬，最后便失去了知觉，什么也不知道了。小矮人对船员讲述的怪事很感兴趣，他从船底收集了一些尘土，小心地包了起来，他觉得这些尘土一定具有某种魔力，日后可能会派上大用场。

随后，他们高兴地登上船，离开了荒岛。在茫茫大海上，

　　他们一帆风顺地航行了好久，终于看到一片陆地，便决定上
岸去采购一些新鲜的食物和淡水。他们也想知道，自己究竟
到了什么地方，下一步将要去哪里。

　　小船缓缓驶向海岸。可岸边一个人影也没有，他们倍感
失望，心想这恐怕又是一座无人的荒岛。这时，远方出现了
一团黑影，快速向他们移过来。这团黑影聚集在他们打算登
陆的地方停了下来。令他们意想不到的是，原来这些黑影是
一群高大的西班牙猎犬，它们个个身披哨兵装，三五一群，
有的担任警卫，有的列队欢迎，真可谓分工明确。不过，它
们都紧紧地盯着船上即将登陆的人们。小矮人看到了这些西

班牙猎犬，很友好地走上前去，热情地同它们打招呼。这些狗摇头摆尾，挥动着前爪，将王子团团围住。小矮人很快明白，这些狗要带他离开那条船和船员们，让他跟着它们走。小矮人没有拒绝，他也想知道，这些西班牙猎犬到底想让他去哪里？于是他告诉船员们，让他们等他十五天，如果十五天后，他还没有回来，就不必等他了。交代好后，小矮人跟随着新朋友往内陆走去。一路上他惊讶地看到，沿路两边都是肥沃的农田，田里的庄稼长势喜人，还有许多马和牛拉着犁在耕地。他们穿过一座座村庄，看到的农舍，个个整洁漂亮，到处呈现一派欣欣向荣的景象。在一个小村庄里，小矮人还品尝了一顿丰盛的晚餐。

正吃着，突然来了一辆礼车，一只高大的西班牙猎犬，像车夫一样娴熟地指挥着拉车的白马。小矮人坐上礼车，继续前行，沿途他看到很多很多礼车，驾车的全是西班牙猎犬，它们纷纷向他挥手致敬，彬彬有礼。终于，礼车到达王国的首都。城里的居民似乎都知道"小矮人"到来的消息，它们或站在门前，或倚在窗边，都想看看这位小矮人到底什么模样。小狗们似乎特别兴奋，激动地爬到城墙上或大门上，不停地挥动前爪。看到这些可爱的小狗热情地欢迎自己，小矮人心里乐开了花。

礼车缓缓驶过几条平整宽阔、绿树成荫的大街后，抵达一座富丽堂皇的王宫。王宫的戒备十分森严，随处都是守卫的西班牙猎犬，它们纷纷向小矮人敬礼。小矮人也礼貌地向这些猎犬回礼。礼车停下后，小矮人被带到了国王面前。国王是一只非常漂亮的西班牙猎犬，正舒适地躺在精美的波斯地毯上。在它的周围有几只小狗，正忙着给它驱赶苍蝇。不过，国王看起来郁郁寡欢，一双大眼睛充满了忧伤。

国王一看到小矮人，心情顿时好了起来，它站起身来，高兴地欢迎小矮人的到来。小矮人有点儿不知所措，不知该如何同这位西班牙猎犬国王交流。正在小矮人迷惑时，国王派人叫来了国务大臣，国王口述，大臣记录。国王说的话很快就记录好了。通过文字，小矮人知道国王说，它对不能与小矮人直接交谈，感到非常难过，因为除了文字外，它们的语言和小矮人的语言根本无法沟通。

小矮人也把自己要说的话用笔写了下来，他请求国王告诉他，为什么它的王国会有这么多奇怪的事情？它和它的臣民怎么都变成了西班牙猎犬？小矮人的询问，勾起了国王对往事的痛苦回忆。它告诉小矮人，自己原来是这个国家的国王，名叫贝亚德。不幸的是，邻国的一位仙女疯狂地爱上了他，想方设法要成为他的妻子。但是，国王一点儿也不喜欢她，他全心爱的是香岛王国的女王，便委婉拒绝了仙女。不承想，仙女竟然恼羞成怒，施展魔法，将他变成了一条西班牙猎犬，并剥夺了他说人话的能力，只让他保留人脑的思维。恼怒的仙女觉得还不解恨，又将怒火撒向王国里的所有臣民，将他们全都变成了西班牙猎犬，还恶狠狠地警告它说："贝亚德，继续叫吧，用四腿跑吧，除非有一天美德能换来真挚的爱情和好报，否则，你别想重新做人。"

显然，仙女是在警告它，它这辈子只能做一条西班牙猎犬了。

"陛下，你必须耐心等待。"小矮人安慰它说。

　　小矮人十分同情贝亚德国王的悲惨遭遇，他答应国王，将竭尽所能去帮助它摆脱困境。国王听了很高兴，他们很快就成了至交好友。国王向小矮人展示香岛王国女王的画像，不用说，女王的确美貌绝伦。看了香岛王国女王的画像后，小矮人也把自己的经历和将要去的地方告诉了国王。当国王得知他要去征服遥远的冰山时，便给了他很多有益的建议，告诉他哪条路最近，哪条路最安全等等。他们彼此知无不言，言无不尽。最后，国王亲自送小矮人到他登陆的地方。船上的船员们看到小矮人平安地回来了，非常高兴，他们将国王送的生活必需品搬上船。随后，国王和小矮人依依不舍地互相告别。临别时，国王特地把他最能干最忠诚的一个奴仆穆斯塔，交给了小矮人，并吩咐穆斯塔，一路上要全心全意地照顾王子。

　　小矮人的船起航时，王国所有的士兵列队欢送。小船飞速远离海岸，很快，欢呼声听不见了，陆地也完全在视野中消失。一路上，小船航行得非常顺利，没遇上什么风险。距离目的地已经很近了，小矮人决定在这里上岸，他不想到城市里去，因为身上没有钱。他也不知道下一步该怎么办。于是，船员们把他和穆斯塔送上了岸。

　　小矮人和穆斯塔一起朝着前方走去。走了一会儿，他们来到了树林边的一片草地上，由于感到很疲劳，两人决定在草地上休息一会儿再走。他们一边坐着闲聊，一边观看附近树上跳来跳去的一只小猴子。小猴子模样非常可爱，动作娴熟滑稽，小矮人立即喜欢上了这只小猴子。他站起身想去抓住这只小猴子，可是猴子太敏捷了，一下子就逃脱了。它站在小矮人面前，大约有一手臂远的距离，劝说小矮人，让他跟着它一起走，小矮人答应了。于是，小猴子轻快地蹦到他的肩膀上，轻声说道："可怜的小矮人，咱们俩一样，都没有钱，下一步也不知道去哪里？"

"是的，你说得很对。"小矮人伤感地说道，"可怜的小猴子，我没有饼干，也没有糖果，什么都不能给你。"

"谢谢你为我着想，为了向你表示感激，我告诉你去金岩石的路。不过，你不能带上穆斯塔，它得留在这儿。"小猴子说道。

小矮人同意了，小猴子纵身一跃，跳到了最近的一棵树上，大声地对小矮人说："跟我来。"它从一棵树上敏捷地跳到另一棵树上，在前面给小矮人带路。

小猴子太敏捷了，小矮人吃力地跟在它后面，有时实在追不上了，小猴子会耐心地坐在树枝上等他，还告诉他怎么走最方便。最后，他们终于走出树林，来到一座高山的山脚下。小矮人仰头一看，发现山腰上有一块巨石，他们努力爬到巨石旁。

小猴子说："这块巨石看起来坚硬无比，其实不然，你试着用长矛刺一下，就知道它隐藏的秘密了。"

小矮人手握长矛，狠狠地刺向巨石，矛尖所到之处，石片哗哗地往下直掉。在薄薄的石片下面，竟然藏着一块块纯金。

小矮人惊讶万分。看着他的样子，小猴子禁不住笑了起来，说道："你已经凿开了金石，可以随便地拿金子，要拿多少都行！"

小矮人连忙向小猴说谢谢，却只拿了最小的一块金子。这时，一直在身旁注视着他的小猴子，突然变成了一位优雅端庄、慈祥和蔼的高个子女士。她赞许地对小矮人说："你是一个善良、坚毅和知足的人，如果你一直保持着这种品德，就能战胜一切困难。勇敢地前进吧，别担心钱不够用，因为你不贪心，这一块小金子，你怎么花，它也不会减少，永远也花不完。现在，你随我来，看看那些贪婪的人是什么下场。"说完，仙女带着小矮人，沿着一条近路返回了树林里。这时，小矮人看到许多脸色苍白、身形疲惫的人，在树林里不停地走来走去，似乎在地上翻找什么东西，一有动静，他们就会朝着声音传来的方向飞奔过去，蜂拥在一起，你推我挤，拼命寻找通往金岩石的路。

"你看，这些人为了寻找金子，真是不畏艰辛！"仙女对小矮人说，"这么贪心的人，是找不到金子的。"

随后，仙女送王子回到穆斯塔待的地方，就消失了。穆斯塔看见小矮人，高兴地迎上前去。小矮人带着它进了城。他们在城里住了几天，买了几匹马和几个仆人，顺便向别人打听了萨比拉公主的情况，以及去公主王国的道路。

人们告诉他，萨比拉公主所在的王国离这里很远很远，除此之外，他们就一无所知了。小矮人一行跋山涉水，走了好远好远的路，终于来到了高加索山。这儿早就汇聚了来自四面八方的人。他们都在谈论萨比拉公主，如潮水般向公主所在的王宫拥去。不用说，这些人都想挑战冰山。

小矮人通过别人的谈论，知道了公主拥有惊人的美貌和巨额的财富。同时，他也看到了许多强有力的竞争对手。这些对手中，有的人非常有权力，有的人富可敌国，还有的人长相俊美。

而可怜的小矮人，与他们相比，只有不畏艰辛的坚毅，一条忠实、强壮的西班牙猎犬，数名奴仆，外加一个令人耻笑的名字。显然，这些东西并不能带给他任何帮助，他只能面对现实，既然无法改变客观条件，只有坦然接受，不去想这些了。于是，他带着西班牙猎犬、数名奴仆，又经过两个月的长途旅行，终于抵达萨比拉公主王国的首都。在这儿，小矮人听了很多关于冰山的恐怖故事，那些试图爬上冰山的人，没有一个人能够活着回来。他还听说了萨比拉公主的父亲——法达国王的故事：

法达是一个国力强大的王国的国王，不仅非常富有，更是英明神武。他娶了美貌绝伦的波坦娜公主为妻，一直过着幸福美满的生活。一天，国王和王后去雪地里滑雪橇，不知因何缘故，得罪了一个丑陋的老太婆，从此平静幸福的生活被打破，厄运从天而降，至今尚未消除。

被冒犯的佝偻着背的老太婆，席地坐在路边，不停地搓着冻僵了的手，满腔愤怒，恶狠狠地冲国王说："等着瞧吧！"听了她的话，年轻气盛的国王怒火中烧，决定严惩这个不知天高地厚的老太婆。不过，善良的王后当即劝阻了他，并对国王说："陛下，别再犯错了，你惹的麻烦够多了，说不定这个老太婆是个仙女。"

"你说得很对。"佝偻着的老太婆突然站直了身子，瞬间变得又高又大，模样十分可恶。她的拐杖变成了一条火龙，不停挥舞着一双大翅膀；那件破破烂烂的斗篷，也一下子变成金光闪闪的披风；脚上的一双旧木鞋，竟然变成了两支冒着烟的烟火筒。"告诉你们，我就是高贡佐拉仙女，你们记好了，等候我的惩罚吧。"说完，她骑上飞龙想要离开。

听了仙女说的话，法达国王和波坦娜王后再三恳求仙女不要走，虔诚地向她道歉，希望得到她的宽恕。可是，仙女丝毫不理会他们。只见烟火筒火光四射，留下一长串的白烟，火龙载着仙女转眼就消失了踪影。预感到即将到来的灾祸，年轻的国王和王后寝食难安。可到底是什么灾祸，他们却浑然不知。

不久，王后生下了一个十分可爱的女婴，所有见过她的人，都由衷地赞美她是他们见过的最漂亮的孩子。国王邀请了北极所有的仙女来参加公主的洗礼仪式。除了高贡佐拉仙女外，所有的仙女都带着礼物来了。这些仙女们告诫国王和王后，要时刻提防可恶的高贡佐拉仙女前来破坏。

当众仙女们向公主赐福并送完礼物，入席坐在餐桌旁等候开席时，高贡佐拉仙女来了。她趁众人不注意，变成一只黑猫，偷偷地溜进了王宫，躲在摇篮的下面，待看护公主的仆人转身去取东西时，一下子蹿上摇篮，迅速地叼走了公主的心。她左冲右突，躲开后面紧追上来的猎狗，跃上了坐骑，很快飞到了北极。一到北极，她就将公主的心封存在了冰山之巅，并在心的四周设置层层障碍。她想在公主的有生之年，将她的心永远封存在冰山上，这就是她对法达国王和波坦娜王后的报复。做完这一切后，高贡佐拉仙女扬扬得意地返回了自己的城堡，不用说，她对自己的报复方式很满意。谁也没有发现高贡佐拉仙女的阴谋。宴会结束后，众仙女们都兴

高采烈地返回了自己的城堡，国王和王后也非常开心。

灾难早已降临，众人却浑然不知。可随着萨比拉公主一天天长大，人们终于发现了这个可怕的灾难。小公主越长越漂亮，也越来越聪明，很讨人喜欢。无论学什么，她一学就会。可是，人们发现她身上似乎总缺少点儿什么，这使她总表现得不那么完美。比如，公主的嗓音很甜美，唱歌也十分悦耳，可是她的歌声总欠缺情感，听起来像是没有用心去唱。人们哪里知道，可怜的萨比拉公主的心，早已尘封在遥远的冰山之巅，她怎么能用心去唱歌呢？不仅仅是唱歌，在其他方面，公主也表现出毫无感情。尽管公主越来越讨人喜欢，国王和王后也越来越宠爱她，可是事情越来越不对劲，那就是公主只能被人们爱着，却不能爱任何人，包括她的亲生父母——国王和王后。

国王和王后为此十分苦恼，于是，他们重新把所有仙女都邀请到王宫，询问她们公主到底怎么啦，当然，那个可恶的高贡佐拉仙女没有来。国王沉痛地叙说后，问道："是不是你们对公主的祝福还不够？在哪方面有纰漏？是不是哪里出错了？"仙女们面面相觑，并向国王保证，她们将最好的礼物和祝福都毫无保留地赐给了公主，至于公主身上发生了什么，她们要亲自见了她才知晓。

看到公主后，众仙女大吃一惊，不约而同地喊了起来："天哪！太恐怖了，公主竟然没有心！"

听到仙女们的回答，国王和王后悲恸欲绝，当场放声大哭起来，他们恳求仙女，希望她们能为公主找到一种灵丹妙药，让公主拥有一颗正常的心。一位年迈、阅历丰富的仙女从腰带上取下《魔法大全》，认真地查阅起来。很快，她找到了公主没有心的原因，是可恶的高贡佐拉仙女在搞鬼，她悄悄偷走公主的心，并把它尘封在北极的冰山之巅。

"我们该怎么办呢？"国王和王后焦急地问道。

"歹毒的高贡佐拉仙女偷走了公主的心，大家都很难过，而且这种痛苦还会持续一段时间。但是，陛下和夫人，你们不用太难过，不久公主就会重新拥有自己的心。现在，只要有哪位勇敢的王子能征服那座冰山，就能成功带回公主的心。"仙女回答说。

"不论是谁，只要能登上冰山之巅，成功地将公主的心带回，你们就一定要把公主嫁给他，甚至让他立即成为王国的新国王。现在，你们马上请画师给公主画像，并派人将画像传到世界各地。凭借公主倾国倾城的美貌，我相信，会有数不清的王孙公子英勇地前往冰山，试图征服它。这些人中，总会有一人能成功登上冰山之巅，带回公主的心。"

听了仙女的话后，国王和王后立刻一一照办。果然，当公主的画像传到世界各地后，数不清的王孙公子纷纷报名前来。尽管还没有人成功，但依然没法阻止勇士们前赴后继向冰山发起挑战。

听了这些故事后，小矮人沉思良久，决定亲自前往王宫。王宫里无人关注到小矮人的到来，毕竟他身材矮小，穿着简朴，后面只跟着一条很普通的西班牙猎犬，相比于其他那些衣着华丽、派头十足的竞争对手，他太微不足道了。尽管如此，小矮人还是彬彬有礼地拜见了国王，请求国王允许自己礼节性地亲吻一下萨比拉公主的玉手。当他郑重其事地告诉

国王自己的名字叫"小矮人"时，国王忍不住笑了起来，其他在场的王子们也哄堂大笑起来。

小矮人的自尊心受到重挫。不过，他毫不气馁，转过身，对着国王有礼有节地说："陛下，如果您觉得我的名字滑稽好笑，就尽管笑吧！不过，我在此恳求在场的诸位，不要因此嘲笑我，更不要把我当成一个好玩的怪物。"说完，小矮人快步走到一位笑声最响、趾高气扬的王子面前，对他深鞠一躬，邀请他和自己比试一番，看一看谁的本领大。那位王子叫费达斯，仗着有钱有势，根本不把周围的人放在眼里，更别说眼前这个小矮人了。他瞥了一眼小矮人，瞧他弱不禁风的瘦小样子，料想不是自己的对手，便欣然接受了小矮人的挑战。挑战赛被安排在第二天举行，小矮人退出大厅时，特地去拜见了萨比拉公主。公主惊艳绝俗的美貌和高贵典雅的气质，深深地震撼了小矮人，他完全被她迷住了，好半天才缓过神来。他郑重地对公主说道："美丽的公主，我慕名远道而来，就是要登上冰山之巅，替您取回那颗被女巫偷走的心。因为我的名字滑稽、身材矮小，遭到众人的嘲弄。明天，我就要向嘲笑我的一个傲慢的家伙发起挑战，我恳请公主光临现场，亲自见证我如何打败他。我要借他向世人证明，名字和身材根本代表不了什么。"

小矮人一席话立即把公主逗乐了，她虽说没有心，不懂感情，但她却懂幽默，便欣然接收了小矮人的邀请。这无疑是对小矮人最大的鼓励。公主亲切地对他说："这些自命不凡的家伙们，看一眼我就厌烦透了。他们口口声声说要将我从苦难中拯救出来，并整天喋喋不休地向我示爱，我都快被他们烦死了。我可不想知道爱是何物，没有心，我觉得也挺好，少了许多烦恼。"

听了公主的话，小矮人立即明白了，要使公主对自己有好感，必须使她开心快乐，而不是像那群追求者，整天只知道表达爱慕之情。想到这里，小矮人找到了让公主开心的话题，那就是谈论那些王子们的丑态。公主开心极了，时不时发出爽朗的笑声，不用说，他们俩聊得很投机。随后，公主当场宣布，在王宫所有追求者中，小矮人是唯一一个不令她讨厌的人。

第二天，到了挑战的时间了，国王、王后和公主，以及全城所有的人，都来赛场观看他们的对决。费达斯王子身穿闪闪发光的崭新铠甲，手持利剑，骑着高大的纯种白马，威风凛凛来到赛场，他的身后，还跟随着一批大臣和侍卫。他的对手小矮人只携带一柄长矛和一条西班牙猎犬。两相对比，真可谓泾渭分明，在场的人无不耻笑小矮人。随着一声号响，费达斯王子纵马向小矮人冲了过来，举剑向他头上劈去。小矮人十分敏捷，一个闪身，跳到费达斯身后，轻易地躲过他的利剑，将长矛一挥，把他从马上挑了下来，并迅速地用矛头顶住了他的胸膛。他的动作干净利落，立即博得众人的喝彩。小矮人朗声对公主说，他绝不会伤害费达斯，不过，他要让一贯趾高气扬、傲慢不已的费达斯向公主认错求饶。恼羞成怒的费达斯只得照做。随后，小矮人在公主的求情下，放了他。

国王立即派人向小矮人表示祝贺，诚邀他和穆斯塔一起住进王宫。公主非常喜欢这条善解人意的西班牙猎犬，希望

小矮人把它送给自己。小矮人愉快地答应了公主的请求，让忠实的穆斯塔陪伴在公主左右。赢得了对决后，王宫里上上下下都知道了小矮人是一个勇士。没过多久，一个邻国大使来到王宫，他给法达国王带来了一封信，信是这样写的：

"法达国王，布拉提摩向你致意。当我看到萨比拉公主的画像时，就决定要娶她为妻。我知道还有很多自以为是的王子们，对公主大献殷勤，他们想得到美丽的公主，我是不会让这些痴心妄想的家伙得逞的。我向我所有的对手宣布，我要娶萨比拉公主为妻，希望那些追求公主的家伙，听到这个消息后，马上灰溜溜地滚回家去，永远不要再见公主。我派来的这位大使听从我的命令，负责把公主接到我这儿来，不得延误，如果萨比拉公主果真没有心，我也不会介意。我会去征服冰山，为她取回那颗心，除了我，没别人能办到。

就此搁笔，我的岳父大人。"

读完信后，国王和王后非常气愤，萨比拉公主对这一过分的要求更是咬牙切齿。他们决定，在没有回复大使之前，丝毫不泄露信的内容。不过，这件事被忠实的穆斯塔知道了，它迅速将此事告诉了小矮人。得知消息后，小矮人又气又惊，他决定亲自去见公主。交谈中，小矮人巧妙地提及此事，公主知道事情无法隐瞒了，就把事情的原委一五一十地告诉了小矮人，并询问他该如何回复大使。小矮人一时也想不出什么办法，他建议公主暂时让大使住进王宫，先拖延一段时间，容他好好想一下对策。公主对小矮人的话言听计从，一一照办。

大使进宫后，很快发现公主在搪塞他，于是非常愤怒。他傲慢地说，他们的马车及侍从就要到了，他要让全城所有的人，包括那些外国王子们好好看看，他们的国王是多么的富有，他们的王国是多么的强大。

面对大使的嚣张气焰，小矮人也不知该如何应对，他再三思量后，决定请求杰纳斯塔仙女帮忙。自从离开故土以来，他就暗下决心，不到万不得已之时，绝不麻烦仙女。这次，他实在是束手无策了。当天晚上，心力交瘁的小矮人早早就进入了梦乡，他梦见杰纳斯塔仙女来到他的身旁，鼓励他说："好样的，小矮人！你干得很不错，坚持下去吧，你在最困难的时候，自会有好朋友出现帮助你的。至于使臣的事，请转告萨比拉公主，让她别为此担心，她只管耐心地等候大使率车队耀武扬威地进城，到时事情自然会向着有利于公主的方向发展。"

小矮人想挣扎着起身向仙女道谢，刚一动，就醒了，原来这一切是一场梦。不过，这个梦让小矮人恢复了信心，再也不焦虑了。第二天天一亮，他就兴冲冲地跑到公主那里，神秘兮兮地向公主保证，他一定让那个趾高气扬的大使威风扫地。他还询问公主，如果他挫败了布拉提摩国王的企图，公主将如何报答他。公主表示，她只能对他感恩戴德，因为她实在给不了他所谓的"爱情"。

公主的回答深深刺痛了小矮人这个忠实情人的心。他多希望能赢得公主的爱情啊，可现实很无情，公主根本不可能爱上任何人，他只能强忍内心的悲痛。

这时，大使已经派人传话进宫，说他第二天就会率领车队隆重到达王宫，静候国王、王后的佳音。第二天一大早，城里的人都早早来到大街上，观看大使的车队。与此同时，杰纳斯塔仙女悄悄地对这些围观的人们施了遮眼魔法：当大使率领那支奢华、威武的车队进城时，那些身穿整齐华丽制服的侍卫，在他们眼里个个衣衫褴褛，形同乞丐；原本高大雄壮的马匹，在他们眼中都变成有气无力、瘦骨嶙峋、步履蹒跚的老马；那些用昂贵的金银珠宝装饰一新的马鞍，也都变成了皱巴巴、黑不溜秋的旧羊皮，显得非常寒碜；原本衣着光鲜、容貌俊美的奴仆，则变成了丑陋不堪的羊群。他们演奏的乐曲，听上去就像是用洋葱管吹出来的，非常难听；一辆辆奢华的马车，变成了滑稽可笑的猴车。在最后一辆马车上，坐着趾高气扬、不可一世的大使。他觉得自己代表了一位强大威武的君主，理应带着傲慢、得意的表情。最让人好笑的是，队伍中的每个人都认为自己衣着华丽、仪表不凡，正赶着奢华威武的马车。他们狂傲不已、扬扬自得。

事实上，在围观的人们眼中，他们的形象恰恰相反，完全像一群叫花子进城。众人大声地嘲笑，笑声响彻云霄，可这支队伍中无人知晓他们为什么这样。国王也听到了外边的嘲笑声。当他在城楼上看到大使的车队破烂不堪，完全不成体统时，当即让手下紧闭城门，不让他们进来。队伍被堵在宫门外，大使非常气恼，他冲着国王怒吼，并厉声威胁，还辱骂周围观看的人们。人们气极了，纷纷向队伍扔石头和泥巴。队伍顿时乱作一团，狼狈不堪地逃到城外。受到羞辱的大使连夜赶了回去，向他的国王汇报了他的遭遇。布拉提摩国王听后暴跳如雷，当场拔出宝剑，向法达国王宣战，发誓要将他的王国夷为平地。

几天之后，小矮人收到贝亚德国王的一封信。信中，它友好地询问了小矮人的近况，告诉他若遇上麻烦，它定会全力相助。小矮人立即给它回信，先对它的关心表达了诚挚的感谢，随后将分手后所遭遇的事情详细述说了一遍。最后，他在信中说，法达国王和布拉提摩国王即将爆发战争，他请求贝亚德国王，立即派数千只能征善战的西班牙猎犬前来助阵。

法达国王和王后，虽然非常费解，大使为什么要带这么寒碜的队伍进宫拜访，不过，他们知道战争将不可避免，于是立即整顿军队，随时抵御外敌入侵。那些报名欲征服冰山的王公贵族也纷纷参战，个个要求在军队里担任要职。小矮人也加入了一支战斗队伍，不过他只做了一位老将军手下的一名副官。队伍很快集合完毕，开向边界。

恼羞成怒的布拉提摩国王，亲率大军气势汹汹地杀了过来。两国军队在边界展开了一场激烈的战斗，只打得天昏地暗。可是，法达国王的军队人数远少于敌人，他们只能顽强地防御。在战斗中，小矮人不仅作战英勇，关心部下，更是指挥有方，可以说是攻无不克，战无不胜，很快赢得了其他军官和所有士兵的尊敬。

最后，布拉提摩国王凭借人数优势，集中人马，向法达国王的军队发起了猛攻。面对数倍之敌，尽管法达国王的军队进行了有效的抵抗，可寡不敌众，还是被打败了。统率大军的老将军战死沙场，队伍死伤过半，只得放弃边界防线，撤退到险关据守。在这次战斗中，小矮人凭借他的英勇和智慧，集结残余人马，成了新的统帅，有效地守住了第二道防线，让强敌屡次无功而返。由于严冬降临，两国各自休整军队，暂时休战了。

小矮人返回到王宫时，受到国王和大臣们的隆重迎接。国王得知老将军战死的消息后，非常悲痛，随后，他正式任命小矮人为新的统帅，全权指挥大军，并让他参与王国的一切事务。小矮人趁休战期，继续陪在公主身边，哄她开心。不过，对于爱呀，情呀，他只字不提，他知道公主讨厌与别人谈论情和爱。因此，公主和小矮人谈得十分开心，相处得非常融洽。

敌国的威胁毕竟还没有消除，小矮人暗暗地为下一次战斗做着准备。这时，贝亚德国王已经派了一支庞大的西班牙猎犬队伍，抵达了法达王国的边境，它们接受小矮人的军令，悄悄隐蔽了起来。小矮人经常邀请这支队伍的首领一起商讨如何才能打败敌人。这位久经沙场的首领建议说，小矮人带领法达国王的大军与敌人正面对峙，它率领猎犬大军从敌军后面偷袭，相互配合，定能彻底打败敌人。小矮人听从了它的建议。

大地刚刚解冻，布拉提摩国王就统率大军浩浩荡荡直扑而来。这次他信心十足，自认一定能击败法达国王的大军。战斗很快打响了，布拉提摩国王命令大军不计伤亡，全面向小矮人统率的大军猛攻。小矮人率军节节抵抗，不断后撤。布拉提摩国王大喜过望，不停催促大军进攻。眼看胜利在望，突然，布拉提摩国王的大军后面，跃出数千条西班牙猎犬，它们闯进他的队伍，见马就咬腿，士兵们一个个从马背上摔了下来，顿时乱作一团，到处都是马的惊叫声和士兵的惨叫声。

原本节节败退的小矮人立即稳住阵脚，转身反攻过去。

布拉提摩国王的大军一败涂地，死伤无数，他本人也成了小矮人的俘虏。羞愧难当的布拉提摩，在被押往法达国王的王宫途中咬舌自尽了。原本留守王宫的费达斯和其余的王子们，听闻小矮人率军大获全胜，即将凯旋，非常害怕他随后成功登上冰山之巅，便匆匆启程，前往冰山，想抢在小矮人之前征服冰山。

返回王宫，听到众王子已经出发前往冰山后，小矮人非常气恼。他这样做，一切都是为了公主，可公主除了称赞他英勇有谋外，丝毫没有表示爱上他，更没有做出以身相许之类的承诺。小矮人十分伤心，唯恐别的王子提前登上冰山之巅，取回公主的心。

一直守候在公主身边的穆斯塔安慰小矮人说，公主虽然没有爱上他，但她也没有爱上别人，让他不用担心。小矮人来不及接受国王的奖赏，决定立刻动身前往冰山，不管前方

有多艰险，他也不在乎，他之所以千里迢迢来到这里，不就是为了去征服冰山，取回尘封在山顶上的公主的心，迎娶美丽的萨比拉公主吗？当他向法达国王和王后辞别，说要去征服冰山时，他们苦苦劝阻他不要去，并告诉小矮人，费达斯和其他的王子都已死在冰山上，他去也将是同样的命运。小矮人郑重回答说，他来这里就是为了替公主取回冰封的心，他不会被任何困难吓倒。眼见小矮人执意要去，萨比拉公主不再劝阻，她伸出自己的手，让小矮人亲吻，可是，她的目光依旧如从前一样冷漠。王宫里所有的人都非常喜欢小矮人，目睹了公主和小矮人的告别，看到公主如此冷落他，个个愤愤不平。

法达国王非常感激小矮人拯救了他的王国，对他说道："小矮人，你为我国立了大功，可你一直拒绝我的任何奖赏。那好，我就让萨比拉公主把她身上的那件大衣送给你，这次你不要再拒绝了。我衷心希望，这件大衣能一路替你御寒，助你征服冰山。"这是一件非常华丽的大衣，是公主最喜欢穿的御寒外衣，它不仅非常保暖，更能完美地映衬公主细腻的肌肤和亮丽的金发。听了父王的话，公主当即脱下大衣，极有礼貌地呈送给小矮人，恳请他收下。这次，小矮人没有拒绝，高兴地收下了。

小矮人身穿公主赠送的大衣，只携带一小捆由各种木材组成的柴火和两条西班牙猎犬，就朝冰山出发了。战争结束时，贝亚德国王特地留下了五十条西班牙猎犬，以供小矮人调遣。陪在他身旁的两条，就是从它们中挑选出来的。小矮人途经每一座城市，都受到当地人的夹道欢迎。

在最后一个村庄，小矮人留下马，徒步在冰雪中艰难地跋涉，放眼望去，到处是皑皑白雪，一眼望不到边。走不多远，他就遇到其他四十八条猎犬，它们早就在那里等候他了。这些西班牙猎犬看到小矮人后，兴奋地围了过来，显得非常高兴，并告诉他，不管发生什么事情，它们都会忠诚地伴随在他左右。于是，小矮人和他的西班牙猎犬，满怀希望，信心勃勃地出发了。起初，路上还有浅浅的足迹，虽说辨认有些麻烦，但仔细看，还是能分辨得出来；可没多久，足迹就全消失了，他们只能凭借北极星辨认方向。休息时，小矮人从柴火里抽出几根木材，种在雪地上，然后在上面撒上一小汤匙从那条中了魔的船上收集而来的魔粉。片刻间，那些木材就开始生根发芽，没多久，就形成了一片小树林，将他们的帐篷团团包围。不仅如此，那些树木还开花结果，为小矮人和那群猎犬提供丰富的食物。小矮人和他的伙伴们，还用树枝生了一堆火来取暖，帐篷里温暖如春，一点儿也感觉不到寒冷。为谨慎起见，小矮人还特地派了几条西班牙猎犬前去探路。

幸运的是，几条探路的猎犬发现了一匹深陷在积雪里的马，马背上驮着许多食物。它们立即返回，带了好些猎犬前去，把食物搬了回来。这些食物主要是精美的饼干，于是，小矮人和他的伙伴们饱餐了一顿，美美地在帐篷里睡了一晚。

就这样，他们白天行进，晚上宿营，借助树枝和魔粉为他们提供温暖和食物。一路上，他们看到许多冻僵在雪地里的冒险者，他们早就失去了知觉，如同雕塑一样，一动不动地待在原地。小矮人严禁猎犬去营救他们，甚至禁止接近他们。他们极有规律地向冰山前进，走了三个多月，那高耸入云的冰山终于映入眼帘，并一天天地清晰起来。终于，在一天傍晚，他们来到冰山脚下，在那里安营扎寨。眼前的冰山，巍峨耸立、悬崖陡峭，小矮人和西班牙猎犬们看到后，不禁倒吸了一口凉气。但是，他们丝毫不畏惧前方的困难，一步步艰难地向山顶爬去。冻僵了，他们就用魔枝取火，暖和一下身体；饿了，就吃魔枝上的水果。说实在的，要是没有这些魔枝，他们早就冻死或饿死在冰山上了。终于，功夫不负有心人，历尽重重磨难后，他们终于爬上了冰山之巅，来到山顶上壮丽的冰宫前。

冰宫虽说富丽堂皇，却空无一人，且寒冷至极。公主的心就存放在冰宫里。可眼前的一切，让他们进退维谷：要在冰宫里待着，他们必须生火取暖，否则，他们将一个个冻死；可是，一旦生火，冰宫里的实心冰砖就会迅速融化，整个冰宫就会坍塌，将他们全部埋葬在里面。他们必须尽快取出公主的心，快速离开，否则，后果不堪设想。小矮人带着他的伙伴，小心翼翼地在冰宫里寻找，他们穿过庭院和长廊，来到一个巨大的宝座前。在宝座脚下的雪垫上，陈放着一颗硕大无比的钻石，萨比拉公主的心就存放在钻石里面。在宝座最下面的一个台阶上面刻有一行字：

"勇敢和高尚的人啊，你即将得到萨比拉公主的心，作为对你勇敢的奖励，请你平静享受随后到来的好运吧！"

此时的小矮人早已筋疲力尽，身体也非常虚弱，他用尽最后的力气，冲到宝座前，将钻石牢牢握在自己手中，这里

面装着他梦寐以求的"心"。随后，小矮人双眼一黑，一下
子晕倒在厚实的雪垫上。那些忠实的西班牙猎犬立刻冲了上
去，咬住主人的衣服，迅速地将他拖离冰宫。刚迈出冰宫，
就听到身后一声巨响，整个冰座倒塌了。那些西班牙猎犬拖
着小矮人，飞速滑下冰山，来到山脚下的帐篷里，费了好大
的劲儿，才让小矮人苏醒过来。小矮人醒后，看到自己手中
的"萨比拉公主的心"，欣喜若狂。

　　随后，小矮人带着他的猎犬沿原路返回。在返回途中，
他们又看到了那些活冰雕。小矮人不忍心看到这些昔日的竞

争对手惨死在雪地里，于是命令西班牙猎犬竭尽全力解救他们。几天下来，他们救活的人越来越多，等他们回到那个他曾把马留下的小村庄时，他们已成功解救了五百多个王子和无数个跟随王子的大臣、侍卫。

由于小矮人对他们礼貌有加，态度又总是那么谦逊随和，这些被救的人都愿意跟着他，渴望为他效劳。其实，这时的小矮人早已心花怒放，毕竟他成功地得到了萨比拉公主的心，而且他早觉得和所有的人快乐相处是一件很容易也很幸福的事。不久，小矮人见到了他的老朋友——西班牙猎犬穆斯塔。穆斯塔飞快地奔向小矮人，对小矮人说，在他去征服冰山的那些日子里，萨比拉公主身上出现了神奇的变化。她整天心事重重，若有所思，并总是和他谈及小矮人，对小矮人是否能征服冰山，感到非常担心，生怕他遭遇到什么危险。小矮人听了穆斯塔的话，心中充满了甜蜜的喜悦。法达国王和王后听说了小矮人即将回宫的消息后，特派了一个大臣，快马加鞭前往祝贺小矮人。同时，这位大臣还带来了萨比拉公主对他的祝福。小矮人立即让穆斯塔先返回到公主身边，告诉他自己随后就到。

小矮人带领众人浩浩荡荡回到了王宫，他们受到了隆重的欢迎，法达国王和王后见到小矮人非常高兴，紧紧地拥抱了他。国王宣布，他要把萨比拉公主嫁给小矮人，并将整个王国交给他管理。小矮人对此表达了诚挚的感谢。随后，小矮人去拜见公主，并亲吻她的手。这时，人们注意到，萨比拉公主的脸一下子羞得通红，半天说不出一句话来，这可是她第一次懂得感情呀。小矮人当即跪拜在公主身边，将那颗璀璨夺目的钻石呈献给公主，对她说："公主，这颗珍贵的钻石里面，就是你的心，请你接受它。"

"啊！王子，"公主答道，"这颗钻石里面的心，对我来说已经不那么重要了，因为我的心早就属于你了。"

这时，国王和王后走了进来，他们问了小矮人很多问题，有的问题还问了好多遍，比如问小矮人："冰山上是不是特别寒冷？"

国王打算让小矮人继承他的王位，他让小矮人和公主一起跟他去见见他的大臣们。小矮人知道了国王的想法后，要求国王让他先说几句话，他便把自己的经历简单地说了一遍，他说到自己是个农夫的儿子。小矮人的话刚刚说完，天空顿时雷电交加、雷声滚滚，杰纳斯塔仙女出现了。

杰纳斯塔仙女对着小矮人说道："你所做的一切，让我非常满意，你不仅有巨大的勇气，还有高尚的品德。"仙女又转身面对国王和王后，将小矮人的经历和真实身份，一五一十地告诉了他们。当初，她之所以把小矮人带出王宫，交给农妇去抚养，就是让他从小接受朴素的教育和苦难的磨炼，这些有助于培养他的品德，有助于他日后更好地管理国家。随后，她又对小矮人说："你的忠实朋友——贝亚德国王和他的臣民们，现在已经恢复了人形，这是他们的好心得到好报的结果。"

这时，一只雄鹰驾驶着一辆礼车赶了过来，车上坐着小矮人的父母。他们见到自己失踪多年的儿子，很是兴奋，并紧紧地把他搂在怀里，他们还拥抱了萨比拉公主，并紧紧握住她的手。这时，各种各样的礼车从四面八方赶来，车上坐着众多的仙女们。

"陛下，"杰纳斯塔仙女对法达国王说道，"我们这些仙女，很久没有聚会了，这次打算在你的王宫里举行聚会，就由你来安排吧！"

国王听后非常高兴，他要求和仙女一道来主持聚会，仙女愉快地同意了。有位叫马瑟蒂的仙女，把贝亚德国王和他的臣民们变回了人形。这位贝亚德国王长得风度翩翩、英俊潇洒。这时，香岛国的女王也让仙女给接了过来。于是，两对情侣的婚礼同时举行，从此他们都过上了幸福快乐的生活。

魔　戒

　　从前，有个名叫罗西蒙的年轻人，他不仅长相俊美，心地也很善良。他有一个哥哥叫布拉明索，情况与他恰恰相反，不仅长相丑陋，为人也非常歹毒。他们的母亲非常喜欢漂亮的罗西蒙，一点儿也不喜欢丑陋的布拉明索。因此，布拉明索非常嫉妒弟弟，特意编造了一个谎言来中伤他。他告诉父亲说，罗西蒙经常去拜访一个与他们家积怨很深的邻居，并把自己家中的情况全部告诉了对方，还与邻居密谋，试图加害父亲。

　　听了布拉明索的话后，父亲大发雷霆，用皮鞭把罗西蒙打得体无完肤，并把他关了起来，连续饿了他三天。最后，恼怒的父亲把罗西蒙逐出了家门，并扬言不准他再踏进家门，他们的母亲知道爱子罗西蒙要被赶出家门，痛不欲生。可是，她除了不停地流眼泪外，根本想不出任何办法去帮助儿子。

饱受折磨和误解的罗西蒙只得双眼含泪，一步三回头地离开了自己熟悉的家。他漫无目的地向前走，压根儿不知该往何处去。就这样，他从早晨天刚亮一直走到夜幕降临，来到一片茂密的树林中，实在走不动了，看到一块大岩石，就躺在下方的青苔上休息。又累又饿的罗西蒙，在欢快的溪水声的催眠下，很快进入了梦乡。

第二天罗西蒙醒来时，太阳已经高高挂在空中了。他迷迷糊糊地睁开眼，惊讶地发现，一位年轻貌美的女士骑着一匹灰色的骏马来到他的跟前，看她的样子好像要去树林里打猎。她问罗西蒙："你有没有看见一只雄鹿和几只猎狗从这儿经过？"

"没看见，夫人。"罗西蒙如实回答。

女士又问他："你看上去非常难过，是不是发生了什么不幸的事？我把这只戒指送给你吧，有了它，你就不会难过了，相反，你会成为世上最强大、最快乐的人。不过有一点，你要记住，千万不能用戒指来干伤天害理的事。好了，我来告诉你戒指的用法：如果钻石转到了手心，你就会成为隐形人，无论谁都看不见你；如果转到了手背，你就会现身。如果你把戒指戴在了小指上，你就会变成这个国家的王子，拥有强大的权力；如果戒指戴在了无名指上，你会立即恢复到原来的模样。"

罗西蒙何等聪明，他立即明白，自己遇上好心的仙女了，真是苦心人，天不负。仙女说完，纵马驰入树林深处，转眼间消失了踪影。

　　罗西蒙非常想试试戒指的魔力，看看它是不是像仙女说的那样神奇。想到这里，他一溜烟跑回家中，一试，戒指果然像仙女说的那样神奇，她可一点儿也没有骗他。罗西蒙还惊奇地发现，尽管他隐身时谁也看不见他，但他自己仍然能看清和听清周围的一切。借助魔戒，他随时都可以报复歹毒的哥哥，丝毫不用担心被别人发现。

　　年轻人兴奋不已，立即把自己的奇遇告诉了疼爱他的妈妈，并告诉她，别把他的秘密告诉其他人，包括他的爸爸和哥哥。接着，年轻人把戒指戴在了小指上，一眨眼，他变成了王子的模样，身后跟随着许多的骏马和众多威武的侍卫、军官。

罗西蒙的爸爸看见王子突然光临自己的小屋，真是又惊又喜，紧张得不知所措。他不知如何说如何做，才能款待好王子。

罗西蒙看到爸爸紧张的神情，心里暗自发笑，他显得很随和，询问他有几个孩子。

"只有两个儿子。"爸爸答道。

"他们在哪里？我特别想见见他们，"罗西蒙说道，"把他们带过来吧，跟随我去王宫，保证他们日后有享不尽的荣华富贵。"

父亲犹豫了一下，告诉王子："我只能把我的长子交给您，您带他走吧！"

"那你的小儿子呢？我也想见见他。"罗西蒙说。

"他离家出走了，由于他犯了大错，我狠狠地打了他一顿，他昨夜逃跑了。"

"你不应该不问青红皂白就打他，即使他犯了错，作为父亲，你应该教育他，什么是对，什么是错。好了，就让你的长子随我进宫吧。你也随我的两个侍卫走，我会告诉他们将你送到哪儿的。"

随后，两个侍卫走上前，押起罗西蒙的爸爸，将他带到了树林中。这时，那位仙女出现了，她取出一根金棒，狠狠地打了他的父亲一顿，并对他施了魔法，让他动弹不得，然后，把他扔进一个又深又暗的山洞里。"老实待在山洞里吧，直到你的儿子前来救你，你才能重获自由。"仙女对他说。

再说罗西蒙吧，他以王子的身份来到了王宫。此时，恰好真的王子不在宫中，他乘战船远征一个遥远的小岛，不想返回时在海上遭遇了风暴，战船被掀翻了，王子被海浪卷到一个海岛上，成为岛上野人的俘虏。当假扮成王子的罗西蒙出现在王宫时，整个王宫沸腾了。罗西蒙告诉宫里正为他伤心不已的人们，说他在大海中漂流时，被一艘商船救了起来。好心的商人还资助他许多财物，他才得以平安回来。

重新看到安然无恙的爱子，一直沉浸在悲痛中的国王和王后更是欣喜若狂，他们长时间地和王子拥抱，一句话也说不出来。随后，国王激动地宣布，全国上下要举行大型庆典活动，庆祝王子平安归来。

庆祝活动结束后不久，假冒的王子罗西蒙派人把他的哥哥布拉明索找来，对他说："布拉明索，我好心好意地把你从一个贫穷的小山村，带进富丽堂皇的王宫，本想让你谋个一官半职，从此飞黄腾达，尽享荣华。可是，我却发现，你非常不诚实，曾编造谎言，诬陷你的弟弟，一度让他流落街头，生不如死。如今他也在王宫，我希望你真诚地向他忏悔，听听他对你的咒骂。"

听了假冒王子的这些话，布拉明索吓得魂不附体，扑通一声跪倒在王子面前，恳求他大发慈悲，饶恕自己的过错，并向他一五一十地忏悔自己的罪行。

"光求我原谅你是不够的，你应该当面向你弟弟忏悔，恳求他的宽恕。"王子继续说道，"即使他宽恕了你，你的所作所为也理应受到惩罚。现在，罗西蒙就在王宫大厅里，你亲自去向他忏悔吧！"

布拉明索见到罗西蒙，羞愧不已，当即向他忏悔自己的罪恶，反复乞求弟弟宽恕自己。罗西蒙泪流满面，紧紧地和哥哥拥抱在一起。他告诉哥哥："我流浪时，遇到了好心的王子，承蒙他的照顾，得以进宫当侍卫。王子要我把你投入监狱，终身监禁。但我不能那样做，毕竟你是我的亲哥哥，尽管你曾因嫉妒陷害过我，我还是对你心怀慈悲，决定原谅你之前所做的一切。"

面对弟弟的宽宏大量、不计前嫌，布拉明索羞愧难当，再也不敢抬头看弟弟。罗西蒙宽恕哥哥后，就悄悄地告诉他，他打算迎娶邻国的一位公主为妻，为此，他要秘密旅行。

其实，他并没有去旅行，而是悄悄地回故乡探望他的妈妈，将王宫中发生的事一五一十地告诉了妈妈，并给了她许多钱。离开王宫时，国王就告诉他，王宫里任何东西他都可以拿走，只要他愿意。不过，罗西蒙没有那么做，他事事谨小慎微，绝不滥用自己手中的特权。

恰在此时，一个邪恶的邻国突然侵犯了王国边境。这个邻国的国王十分歹毒，毫无诚信可言，而且狂妄自大，时常侵袭邻国。罗西蒙在魔戒的帮助下，顺利进入坏国王的王宫，偷听到他和大臣们商讨的作战计划，并连夜赶回，禀告了国王。国王兴奋不已，当即任命他统率大军，抵抗邻国的入侵。经过激烈的战斗，早设好埋伏的罗西蒙的大军，将邻国的军队打得落花流水，并活捉了坏国王。最后，这个坏国王不得不低下高傲的头讨好罗西蒙，并马上签署和平协议，宣布停止战争。

庆功会结束后，国王立即派人替罗西蒙向邻国的一位公主求婚。这位公主不仅美若天仙，更是该国唯一的王位继承人。罗西蒙没有拒绝，爽快地答应了。

一天上午，罗西蒙去树林里打猎，不想又遇到了那位送他魔戒的仙女。仙女告诫他说："罗西蒙，你要谨记，你只是一介平民，不是真正的王子，你不能欺骗别人，以王子的身份迎娶任何一位女人。"

仙女严肃地对罗西蒙说："现在整个王国的人，都把你当成了王子，但你要清楚，自己并不是王位继承人，只有真正的王子才能继承王位。现在，真正的王子被囚禁在一个海岛上，你立即去寻找他，我会暗中帮助你平安找到他。虽然这有违你的本意，但你必须找到真正的王子，成为他最忠实的仆人。你要做一个坦诚的人，并要随时准备恢复自己的真实身份。要是你心生歹念，打算欺世盗名的话，我会立即揭穿你的面目，让你重新回到痛苦之中。"

仙女的话如针一样刺在罗西蒙的心上，让他彻底断了假装王子迎娶公主的念头。他牢记仙女的叮嘱，找了一个借口，说要去邻国办一件极其隐秘的事，其实他要去寻找真正的王子。

他亲自驾着一艘船，在仙女的指引下，一路顺风来到那座囚禁王子的海岛。王子被野人俘虏后，晚上做他们熟睡时的侍卫，白天做牧羊人。借助魔戒的隐身法力，罗西蒙顺利来到正在放牧的王子身边，用斗篷将他裹得严严实实的，躲过野人的耳目，登上了船。很快，罗西蒙就驾船将真正的王子送回到他的父王、母后身边。

罗西蒙把真王子交给国王后，向他表达了诚挚的歉意："我诚恳地感激您把我当成您的爱子，其实，我只是您的臣民，这位年轻人才是您的儿子。"

国王非常吃惊，压根儿不相信罗西蒙说的话。他质问真王子："那个统率大军，击败敌国军队，为国家赢来和平，功勋卓著的王子，真的不是你吗？你远征的战船沉入大海后，成了野人的俘虏，是罗西蒙不畏艰辛，成功把你救出，又护送回来，这一切是真的吗？"

"这一切都是真的，"真王子答道，"是罗西蒙驾船不远千里找到我，并将我带回了王宫。要不是他，我可能还被囚禁在那座海岛上，也许今生今世也不能回到您的身边。那个统率大军，英勇战胜敌人，为国家带来持久和平的人的确是罗西蒙，不是我。"

国王听了，简直难以置信。罗西蒙为了彻底打消国王的怀疑，轻轻转动了一下戒指，眨眼间，他就变得跟王子一模一样。国王看到眼前两个完全相同的王子，终于相信了他们所说的话。国王打心底里感激罗西蒙，赐给他大量的金银珠宝，但他婉言拒绝了。他对国王只有一个请求，就是让他哥哥布拉明索能在王宫谋一个官职，从此衣食无忧。至于他自己，他说怕被荣华富贵冲昏头脑，失去本性，还是回到那个穷山村，陪在年迈的母亲身边，以耕田、种地为生吧。

回到山村后的一天，罗西蒙又来到了树林中，再次遇见了那位仙女。仙女告诉他关押他父亲的洞穴在何处，并教他如何解除施在他父亲身上的魔咒。罗西蒙听后非常兴奋，他飞快地跑到那个洞穴，不停地念着咒语，终于成功地将父亲解救出来。

现在，罗西蒙成了父亲和哥哥的大恩人，尽管他们曾残忍地对待过他，可他彻底原谅了他们，一点儿也不放在心上。他对国王乃至这个王国所做的贡献，不求任何回报。现在，他只想做一介平民，在那个宁静的小山村，平静但却幸福地生活。

罗西蒙觉得魔戒对他再没有什么用处了，决定将它还给仙女。他也怕日后抵挡不住魔戒的诱惑，利用魔戒，为自己谋取荣华富贵，甚至干坏事。他在树林里四处寻找仙女，终于在几天后找到了她。罗西蒙取出魔戒递给仙女，说："给，您的魔戒，这件礼物威力无穷，我唯恐使用不当，反遭大祸。现在，我将它奉还给你，没有它在我身边，我心里觉得踏实多了。"

就在罗西蒙决定把魔戒还给仙女的同时，他那个邪恶的哥哥布拉明索，丝毫不顾及弟弟的恩情，更没有从以往的经历中吸取任何的教训，反而变本加厉地想谋害罗西蒙。仙女对他的一举一动瞧得清楚明白，她对罗西蒙说："你那个忘恩负义的哥哥，正在向王子进谗言，想借王子的手，置你于死地。这家伙该遭天谴，得到应有的惩罚。那好，我现在就把这个魔戒送给他，让他从此飞黄腾达，最后自取灭亡吧。"

听说哥哥又要加害自己，罗西蒙失声痛哭起来。他问仙女："你把魔戒转赠给布拉明索，是什么用意？你是想让他利用魔戒来做坏事，最后遭受严惩吗？天哪！他该不会想借助魔戒篡夺王位吧？"

仙女从容答道："一个人的良药，或许对于另一个人来说就是毒剂，你要想惩罚一个本性邪恶、贪得无厌的无赖，就不妨给他无上的权力，让他飞黄腾达，享尽荣华富贵，他会自取灭亡的。"

随后，仙女乔扮成一个老态龙钟、衣衫褴褛的妇人，来到王宫。她找到布拉明索，对他说："这是一只神奇的魔戒，我曾经把它借给你弟弟。现在，我把魔戒要了回来，转赠给你，希望你小心使用它。"

布拉明索接过魔戒，朗声大笑："天底下没有人比罗西蒙更笨的了，倘若是我，就不劳神费力地把真王子找回来，自己留在王宫做王子多好啊。"瞧，本性邪恶的布拉明索与生性善良的弟弟罗西蒙相比，果然"聪明"许多。他拥有魔戒后，借助魔戒的法力，干尽了坏事。先是出卖王室的秘密，随后铲除对自己不利的人，并非法牟取暴利等。他所干的一桩桩坏事，令人触目惊心。

这些事情严重危害到国家和王室的安宁。起初，国王也和大臣们一样，对此深感困惑。不久，当他看到布拉明索日渐富有，愈来愈趾高气扬后，就猜测是他利用魔戒在搞鬼。为了证实他的猜测，国王特地设下一个圈套：他收买了一个刚到王宫的外族人，他的国家是国王的死敌，两国间时常爆发战争，国王让他晚上偷偷溜进布拉明索的家里，用巨额财富和显赫地位作为诱饵试探他，看他会不会出卖国家机密。

在外族人的诱惑下，布拉明索当场表示愿替他效劳。他还向外族人炫耀，说自己拥有一只神奇的魔戒，凭借魔戒的法力，他能隐身，从而自由出入王宫任何一个机密的地方，探听或窃取机密。布拉明索得意了两天，国王掌握了确切证据后，立即下令把他抓了起来，收缴了他的魔戒。士兵们在

布拉明索身上，找到了他叛国的一系列证据。

　　罗西蒙得知哥哥被抓了，亲自来到王宫向国王求情。但国王以天理难容为由回绝了罗西蒙的请求，下令将他关进大牢。罗西蒙得知消息后，非常伤心。

　　国王为了安慰罗西蒙，把魔戒重新交给了罗西蒙。伤心不已的罗西蒙接过魔戒后，第一时间就去找仙女，他对仙女说："这是您的魔戒，我希望您收回，不要再送给任何人了。哥哥的事情深刻地警示我，拥有魔戒并不会带来幸福，相反，只会给我带来不幸和苦难。也许，没有这只魔戒，我的哥哥就不会发疯似的膨胀自己的私欲，他会幸福、快乐得多，就不会犯下重罪！我年迈的父母，也不会如此伤心。唉！拥有无上的权力，是件多么可怕、多么危险的事情啊，它会彻底让你失去应有的理智。请把魔戒收回去吧，以后再不要把魔戒送给我爱的和爱我的任何一个人。谢谢！"

渔夫和比目鱼的故事

　　从前，有一个渔夫，他和妻子住在海边的一座小木屋里。渔夫每天都在海边钓鱼，从早到晚，他的工作就是不停地钓鱼。他时常一动不动地盯着微波荡漾的海面，一盯就是一整天。

　　一天，渔夫看到渔线被拖着，猛地往下沉。他急忙提起鱼竿，钓起一条非常大的比目鱼。比目鱼哀求道："好心的渔夫，请你放了我吧，我并不是真正的比目鱼，而是一位中了魔法的王子。再说，即便杀了我，对你也没有什么好处，你知道我的味道不好吃。求求你，放了我吧。"

　　"那好，"渔夫说，"你不必再解释了，我当然会放走一条会说话的比目鱼。"说完，他把比目鱼放回了大海。这时的海面风平浪静，在太阳的照射下波光粼粼。比目鱼沉入水底，身后留下了一条长长的血痕。渔夫也站起身来，收拾好钓竿，回到了小木屋。

　　"老头子，"渔夫的妻子说，"今天该不会一无所获吧？"

　　渔夫回答说："我钓到了一条比目鱼，这条比目鱼还会说话，它说自己是个中了魔法的王子，求我把它放回大海。我就放它走了。"

　　"那你有没有向它提什么要求？"妻子追问道。

　　"没有啊，"渔夫说，"我也没什么要请它帮忙的。"

　　"啊！"妻子生气地说道，"你应该向它讨一座房子，我不想在这间又破又小的房子里住一辈子，你马上就去找它，告诉它，我们想要一座房子，它一定会答应你的！"

　　"啊！"渔夫叫道，"为什么要去找那条比目鱼啊？"

　　"就凭你捉住了它，又把它放回了大海，它一定会答应你的请求，快去吧！"渔夫的妻子不耐烦地说。

　　渔夫虽然有些不情愿，但也不敢违逆固执的妻子，只得硬着头皮又来到了海边。

　　当他来到海边时，看见海面呈蓝绿色，已经不再是波光粼粼的了。他站在沙滩上说道：

　　"比目鱼啊，从前的小王子，

　　您能不能快点儿游到岸边来，

　　我的固执妻子要我来求你，

　　可我实在不知如何把口开。"

　　比目鱼在海底听见渔夫在召唤它，就迅速游了过来，友好地问他妻子有什么要求。

　　"唉！"渔夫说，"我妻子怪我放走了您，没有向您要一丁点儿东西。她说不想再住在海边的那个小木屋里，想要一座大房子。"

　　"快回去吧！"比目鱼说，"她已住在大房子里了。"

　　渔夫回到家中，发现他们那间小木屋已经不见了，映入眼帘的是一幢漂亮的房子，他的妻子正坐在门前的长椅上，等着他回来。

　　看到渔夫回来，妻子兴奋地拉着他的手说："瞧！我们终于有一幢大房子了，快进屋看看，是不是比小木屋好多了？"渔夫紧随妻子进了屋，看到屋里有一个小客厅、一间漂亮的起居室、一间温馨的卧室、一个宽敞干净的厨房以及一个餐厅，每个房间里面配有上等的家具，上面摆放着各种各样的锡器、铜器和玻璃器皿，漂亮极了。屋外还有一个小庭院，院子里面养着好多鸡、鸭、鹅。院子的旁边还有一个小花园，里面有许多结满沉甸甸果实的果树，还有一大片绿油油的蔬菜。

"老头子，"渔夫的妻子激动地说，"要个大房子难道不好吗？"

"是啊，"渔夫答道，"这房子太漂亮了，从此我们可以幸福快乐地生活了。"

"嗯，以后再说吧。"妻子说。

夫妻二人吃过晚饭，就去睡觉了。就这样，他们平淡地过了一两个星期。一天，妻子对渔夫说："老头子，我不喜欢这座房子了，它看起来太小，院子和花园也不大。我想要一座高大的大理石城堡，你赶快去找比目鱼，让它送给我们一座城堡吧。"

"老太婆，"渔夫吃惊地说道，"这座房子对我们来说，已经够好的了！为什么还要奢望拥有一座城堡呢？"

"为什么？"妻子说，"你赶快去找比目鱼，它会办到的。"

"不行，老太婆，"渔夫说，"比目鱼已经感恩，送给我们这座房子了，再去向它索要城堡，它一定会生气的。"

"快去呀，"妻子说，"它不会生气的，它肯定非常乐意送我们一座城堡。"

渔夫深感不安，实在不愿意去。可是他无法忍受妻子的催促，最后还是硬着头皮去了。一路上，他反复自责："这样做太不对了。"

可渔夫最终还是来到了海边。这时，海面已经不再是蓝绿色，而是变成了阴森森的蓝紫色，依然那么平静。他站在岸边，大声喊道：

"比目鱼啊，从前的小王子，

您能不能快点儿游到岸边来，

我的固执妻子要我来求你，

可我实在不知如何把口开。"

"她现在想要什么呢？"比目鱼问道。

渔夫满脸羞愧地说："她想拥有一座宽敞的大理石城堡。"

"你现在回去吧，她现在就站在城堡的门前等你呢。"比目鱼说。

渔夫道过谢，就回去了。原以为比目鱼不会满足妻子的愿望，可回到家，他就看到了一座高大的大理石城堡。他的妻子正站在台阶上，频频向他招手，示意他赶快过去。然后她牵着渔夫的手说："快进去看看吧！"

渔夫和他的妻子一起走进城堡：迎面是一个铺着大理石的大厅，一群仆人见他们进来，连忙打开大门，毕恭毕敬守候在大门两侧。大厅的四壁挂着漂亮的挂毯，天花板上挂着水晶吊灯，房间里摆放着镀金的桌椅，桌上摆满了各种各样的美食，地上铺有漂亮的地毯——还有许多仆人在房间里不停地忙碌着。

城堡外面有一个大庭院，里面有马厩、牛棚，还有马车——真是应有尽有，漂亮极了。庭院的旁边还有一座大花园，里面开满了五颜六色的鲜花，正散发着浓郁的花香。此外，花园后面还有一片树林，里面有成群的羊、鹿、野兔以及其他动物，正悠闲自在地玩耍着。

"你瞧，这一切多美啊！"妻子得意地说。

"是呀！非常漂亮，以后我们住在这座美丽的城堡里，一定会过得很快乐。"渔夫说。

妻子说："以后再说吧。"说完，他们便去睡觉了。

第二天天刚亮，妻子就醒来了，她望着窗外一望无垠、美丽如画的大地，独自发呆。看到渔夫尚在睡梦中，她用胳膊肘杵了杵他，说道："老头子，快起来，看看窗外美丽的景色，还有大片的土地，我们为什么不能做这里的国王呢？你去找比目鱼，告诉它，我们要做这儿的国王。"

"啊！老太婆，"渔夫吃惊地问道，"我们为什么还要当国王？我并不奢望要当国王。"

"那好，"渔夫的妻子说，"如果你不想当国王，我来当，你去找比目鱼，然后告诉它，就说我要当女王。"

"天哪！老太婆，你是不是疯了？"渔夫问，"你要当女王，比目鱼它肯定不会答应的，我也不会向它提这种过分的要求。"

"少废话，"妻子冲着渔夫喊道，"你快去找它，我不要这座城堡，我非当女王不可。"

尽管妻子想当女王令渔夫非常苦恼，但是他还是来到了海边，一路上渔夫不停地说："这样做不对！很不对！"

当他来到海边时，海面呈现一片深灰色，已经不那么平静了，波涛拍打着沙滩。他站在岸边，呼唤道：

"比目鱼啊，从前的小王子，
您能不能快点儿游到岸边来，
我的固执妻子要我来求你，
可我实在不知如何把口开。"

"渔夫，这回她想要什么？"比目鱼问道。

渔夫面带愧色说："她想当女王。"

"回去吧！现在她已经是女王了。"比目鱼说道。

渔夫回到家，当他走近时，眼前的景象把他吓了一跳：原来的城堡不见了，出现了一座富丽堂皇的宫殿，上面雕刻着精美的花纹，还有一座高耸入云的塔楼。宫殿门前有一个哨岗，一名士兵站在前面，后面还站着一排背着锣鼓和扛着喇叭的士兵。

渔夫走进宫殿，看见宫殿里所有的东西都是大理石或黄金打造而成的，就连丝绸窗帘下面的流苏也是用金丝做的。这时，大厅的门打开了，渔夫看到妻子穿着珠光宝气的袍子，手握一根纯金镶玉的权杖，高坐在一个用纯金和钻石打造的王座上，许多大臣紧围在她的周围，左右各有六个高大威猛的侍卫，整齐地站成一排，一个比一个高。渔夫走到妻子跟前，尊敬地问道："老太婆，恭贺你做了女王。"

"是的！"妻子得意地说，"我现在已经是女王了。"

渔夫默默地看着他的妻子，过了一会儿说道："你现在已经是国王了，拥有无数金银财宝和享不尽的荣华富贵，知足吧，我们以后再不要提更多的要求了。"

"我不满足，老头子，"渔夫的妻子飞快地说，"我的欲望是填不满的沟壑，我已经不满足做女王了，你去找比目鱼，告诉它，我要当皇帝。"

"天哪！老太婆，"渔夫吓得跌倒在地上，说，"我是不是听错了？你为什么要当皇帝？"

"这个你别管，老头子，"老太婆说，"你现在快去找比目鱼，对它说我要当皇帝。"

"老太婆！"渔夫说，"它不会满足你的要求的，而且我也不会去找它提这个要求。这片土地上只有一个皇帝，但绝对不会是你。"

"什么？"妻子怒吼道，"我是女王，你必须要听我的话，你要是不去，我就命令手下把你给抓起来，快去找比目鱼，既然它能让我当国王，也一定能让我当皇帝。我一定要当皇帝，必须要当皇帝，你快去。"

渔夫吓得浑身哆嗦，内心非常害怕，但是他又不能不去。一路上，渔夫自言自语地说："老太婆肯定疯了，当皇帝的野心太大了，比目鱼会恼怒的。"

他边走边想，不知不觉间，来到了海边。这时，大海的颜色变得又黑又暗，海浪猛烈地拍打着海岸，溅起阵阵飞沫；狂风怒号，万物肃杀，一片惨白。渔夫吓得浑身发抖，他站在岸边向大海喊道：

"比目鱼啊，从前的小王子，

您能不能快点儿游到岸边来，

我的固执妻子要我来求你，

可我实在不知如何把口开。"

"这一次，她想要什么？"比目鱼问道。

"哎！比目鱼，"渔夫说，"我的老婆子好像疯了，她想要当皇帝。"

"你回去吧，"比目鱼说，"她已经是皇帝了。"

渔夫回到家，惊讶地发现，眼前的城堡焕然一新，全由光滑、洁白的大理石砌成，里面有各种各样珍贵的雕塑，墙壁上点缀着闪闪发光的金子，大门前站着士兵，吹着喇叭在巡逻。在宫殿里面，男爵、伯爵、公爵走来走去，他们的一举一动非常谦卑，如同仆人。渔夫打开用黄金打造的大门，走进去后，看到他的妻子戴着一顶三码高的、上面镶着各式各样宝石的金冠坐在宝座上。这个宝座是由六米高的金块做成的，非常华丽，他的妻子一只手握着权杖，另一手拿着象征君权的小金球，神气十足。王座的两旁，整齐地站立着一排手持戈戟的卫兵，这些卫兵从高到低排列着，最高的巨人有一棵大树那么高，最矮小的侏儒只有小手指那么高。一群大臣毕恭毕敬地站在她的面前。渔夫平静地走上前，深鞠一躬说："老太婆，如你所愿，你现在做了皇帝了。"

"嗯！"渔夫的妻子说，"我现在已经是皇帝了。"

渔夫站在那儿，上下打量着老太婆，感到很陌生。他对妻子说道："老太婆，玩够了吧，现在你已经当上了皇帝，就到此打住吧。"

"喂！老头子，你站在那儿干什么？虽说我已是皇帝了，可我还不满足，我还想当教皇，你赶快去找那条比目鱼吧。"妻子说。

"天哪！老太婆，我没有听错吧，基督教只有一位教皇，比目鱼怎么可能让你当教皇呢？别痴心妄想了，我绝不会向它提这么无礼的要求。"

"老头子，少啰唆。"渔夫的妻子说，"我今天偏要做教皇，你赶快去找它，我一刻也等不了了。"

"不，老太婆，"渔夫说，"你的要求太过分了，比目鱼不会满足你的要求的。"

"老头子，你给我闭嘴。"妻子说，"既然它能让我当皇帝，就一定能让我当教皇，你现在就去找它，我必须当教皇，你要是不去的话，我就以皇帝的命令让你去。"

听了老太婆的话，渔夫十分害怕，颤颤巍巍地走了出去。他感到头发晕，似乎全身都在哆嗦，他的脚已经不听他的使唤了，每迈一步都很困难。风从四面八方吹来，乌云笼罩着天际，整个天空暗得像晚上一样，树叶被风吹得纷纷飘落下来，浊浪怒吼着冲上海滩，白沫四散。渔夫看到海面上的船只，随着起伏的波浪剧烈地颠簸着，随时有可能沉没。这时天空的中间仍是一片蔚蓝，但它的四周全是愤怒的红色，仿佛猛烈的风暴即将到来。渔夫颤抖着，忧心忡忡地站在海边大声喊：

"比目鱼啊，从前的小王子，

您能不能快点儿游到岸边来，

我的固执妻子要我来求你，

可我实在不知如何把口开。"

"哦！她现在又想做什么呢？"比目鱼问。

"唉！她想当教皇。"渔夫说。

"你回去吧，她已经是教皇了。"比目鱼说。

渔夫回到家，发现原先金碧辉煌的宫殿不见了，取而代之的是一座宏伟的大教堂，四周全是林立密布的宫殿。渔夫拼命从人群挤了进去，看到教堂里点了无数支蜡烛，他妻子穿着金丝长袍，端坐在高高的圣座上，头戴三顶耀眼的金冠，威风凛凛，居高临下，打量着下面的一切。她的周围全是教会的达官显要，两边各竖着一排蜡烛，最高的有塔尖那么高，

最矮的像圣诞树上的小蜡烛那么不起眼。所有的皇帝和国王匍匐在她的脚下，亲吻她的脚，小心地伺候着。

"老太婆，"渔夫看着她说，"你现在已是教皇了。"

"对！我是教皇。"妻子得意地说。

渔夫站在下方仰视着她，好像在仰视太阳，他看了一会儿后说："老太婆，你现在是教皇了，拥有世上无双的权力和地位，总该满足了吧。"

老太婆笔直地坐在那儿，一动也不动，就像一棵树一样。

沉默了一会儿后，妻子说："不！我还得再想想。"

说完，他们上床睡觉去了。可是，这个贪婪的女人丝毫没有睡意。她冥思苦想，想自己还能当上什么？直到她实在想不出了，才昏昏沉沉地睡去！天亮后，她看着窗外的晨光，侧过身子望着太阳。就在观看窗外的太阳时，她好像突然想到了什么？"我想起来我要什么了！我要让太阳听从我的指挥，什么时候升，什么时候落！"

于是，渔夫的妻子用胳膊肘捅捅渔夫说："快起来，老头子，去找比目鱼，告诉它，我想当神。"

这时渔夫还没有完全清醒，听到老太婆的话，吓得掉到了床下，他怀疑自己听错了，于是惊讶地问："老太婆，你刚才说什么？"

"老头子，当我出现时，太阳就要为我出现，我要太阳随我的意愿起落，让它随时听从我的吩咐。"老太婆说道。

渔夫惊恐地望着老太婆，身子不停地哆嗦。

"快去找比目鱼，我要和神一样。"妻子说。

"天哪！老太婆，这怎么可能呀！"渔夫跪倒在她跟前说，"比目鱼怎么做得到啊！它已尽最大的努力，满足你当皇帝和教皇的愿望了。我求求你，别再白日做梦痴心妄想了。"

渔夫的妻子发怒了，头发胡乱地披散在头上，整个人已经失去理智。她奋力地用脚踢着渔夫，厉声叫道："我还没有满足，我永远不会满足！你赶快去找比目鱼。"

于是，渔夫用最快的速度穿上衣服，像疯子一样一路狂奔。

渔夫悲恸欲绝地来到海边。一场异常猛烈的暴风雨袭来，令他几乎站不稳脚跟。树和房屋纷纷被刮倒，大山似乎也在摇晃，天空一团漆黑。不一会儿，雷电交加，大雨倾盆。大海像愤怒了一样，浊浪滔天，浪头甚至高过教堂的塔尖和大

山的山顶，浪尖上，白色泡沫四处飘飞。

渔夫呼喊着比目鱼，声音连自己也听不清：

"比目鱼啊，从前的小王子，

您能不能快点儿游到岸边来，

我的固执妻子要我来求你，

可我实在不知如何把口开。"

比目鱼游了过来，问道："现在她还想要什么？"

"唉！"渔夫无奈地说道，"她想变成神。"

"你安心回去吧，她现在坐在小木屋前了。"

直到现在，渔夫和他的妻子依然还住在那座小木屋里面呢！

矮个子约翰

从前，有个矮个子的士兵，刚从战场归来。他可是一个英勇善战的帅小伙，虽说在战场上多次负伤，却没有缺胳膊少腿。战争结束后，军队就解散了，他只能复员回家。

这名士兵叫约翰，但不知什么原因，他的朋友们喜欢称呼他为"小王子"。没人知道这个称呼是怎么来的，总之人们喜欢这样叫他。

因为父母早亡，家里再无亲人，所以约翰并不急着赶路。他背着包、佩着剑，独自一人不紧不慢地往前走。有一天晚上，约翰烟瘾又上来了，他浑身摸火柴盒，却始终没有找到，心里十分窝火，只得继续赶路。没走多远，他看到树林中有灯火闪动，便立即朝那里走去，很快来到一座城门敞开的古老城堡门前。

约翰缓步走进城堡的庭院，透过窗户，看到低矮大厅的另一头，有一堆柴火正在熊熊燃烧。约翰烟瘾又犯了，轻轻敲了敲门，彬彬有礼地说："有人吗，能借一下火吗？"

但里面无人应答。稍等了一会儿，他又使劲地敲了几下门，可仍然不见有人来开门。

约翰只好自己推开门走了进去，环顾四周，发现里面空无一人，就直奔火堆走去。他刚蹲下身子，拿起火钳想找一块炭火点烟，突然听到"咔嚓"一声，一条巨大的蟒蛇，从火焰中蹿了出来，直蹿到约翰面前。

约翰吓了一跳，更令他吃惊的是，那条蛇的头竟然是一个女人的头。

多数人看到此情景，恐怕都会被吓跑。但约翰久经沙场，已被战争磨炼得坚强而勇敢。面对险境，他只是后退了几步，就站稳了，右手紧握剑柄，随时准备投入战斗。

"不要拔剑，"那条蛇身人头的蛇竟然能说人话，"我一直在等人前来解救我！"

"你是谁？"约翰问道。

"我是洼地国的公主，名叫露多维娜，如果你能将我解救出去，我就嫁给你，让你过上幸福美满的生活。"

让一条半人半蛇的怪物给自己带来幸福的生活，这样的想法，无论谁都会觉得不安！可"小王子"丝毫没有这方面的恐惧。尽管这条蛇样子很奇怪，可约翰却越看越觉得她十分迷人。她有一双漂亮的绿眼睛，却不像圆圆的猫眼，而像细长的杏仁，正闪烁着荧荧的绿光，显得非常神秘。她有一头飘逸的金发，如丝般光滑，加上俏丽的脸庞，毫无疑问，露多维娜有着天使般美丽的容颜，唯一可惜的是，她拖着长长的蛇身。

"我该怎么做呢？"约翰问道。

露多维娜指着旁边的大门，对约翰说："你从那扇门出去，走到走廊的尽头，那里有一间像这里一样的房间，房间里有个壁橱，你把橱里挂着的束身上衣取来给我。"

英勇的约翰立即按照她说的话去做。他轻易地穿过走廊，来到了房间门口。借着微弱的星光，他看到八只大手，紧握拳头，在他面前挥舞，阻止他继续往前走。约翰环顾四周，也没看到这八只手到底是从哪些身体上伸出来的。

约翰毫不畏惧，低着头，迎着如雨的拳头，直往里面闯。很快，他就闯到壁橱前，打开壁橱，取出衣服，回去送给了露多维娜。

"给，你的上衣。"约翰气喘吁吁地说。

只听"咔嚓"一声，火焰从中断开，应声而变的是，露多维娜上半身变成了女人，并穿上了约翰带来的上衣。

上衣的料子是橘红色的天鹅绒，非常有质感，上面镶满了珍珠，显得非常华丽。不过珍珠一点儿也比不上她的脖子白皙。

"你还要再帮我个忙，"露多维娜对约翰说，"你爬楼梯，到二楼第二间房子的壁橱里，给我取一条裙子。"

"小王子"再次按照露多维娜的吩咐去做了。他刚走进那间房间，同样看到八只手，只是这次八只大手还连着手臂，每只手中拿着一根木棍，不停地挥舞着。约翰这次可不客气啦，他勇敢地拔出宝剑，边挥舞着剑边往前冲。

就这样，约翰又毫发无伤地为露多维娜拿到了裙子。这条裙子是蓝色丝绸做的，就像晴朗的天空一样美丽。

"你的裙子。"约翰把裙子递给露多维娜说。露多维娜接过裙子，穿上后，大腿也恢复了人形。

"现在还缺鞋和袜子，你得再去三楼，把鞋和袜子帮我拿来。"露多维娜又说。

约翰二话不说，立即执行。这次，在三楼的房间挡住他去路的是八个魔鬼。他们手拿铁锤，眼里喷着烈火。约翰站在门前，心想："这次用剑估计不行了，他们随时都会将剑砸碎。如果我想不到更好的方法，那就死定了。"

这时，约翰看到走廊的地板全是厚实的橡木做的，他顿时有了主意。只见他把地板一块块地撬了起来，举过头顶，狠狠地砸向八个魔鬼，当场就把他们都砸扁了。就这样，约翰又为露多维娜取回了鞋和袜子。露多维娜穿上后，彻底恢复了人形。

露多维娜穿上白色的丝袜和点缀着各种宝石的蓝色拖鞋后，对救命恩人约翰说："你必须马上离开这里，无论发生了什么，也绝不能再回到这里。这个钱袋里面有200枚金币，你拿着，今晚你得继续往前走，住进前面树林边上的那个小旅店。明早九点，我会驾着马车去接你。"

"为什么我们不能一起走呢？"约翰疑惑地问。

"时机未到。"露多维娜说，"为了我的健康，请你先喝下这杯葡萄酒。"说完，她往一个水晶杯中倒满一种金黄色的液体。

约翰想都没想，就接过杯子一饮而尽。然后，他点着烟，迅速离开了。

约翰走不多远，就来到那个小旅店，但没吃上几口晚餐，就觉得昏昏欲睡，双眼都快睁不开了。约翰觉得可能是太疲倦了，就对店员说，务必要在第二天早晨八点叫醒他。说完，他就去睡觉了。

整夜，约翰都睡得特别香。第二天早晨店员叫他起床时，怎么喊都喊不醒他。店员随后又叫了他两次，可他依旧死死地睡着，没有醒过来，店员不得不放弃。约翰一直睡到中午十二点才醒过来。他顾不得穿好衣服，就急匆匆地去问店员，有没有人找过他。

店主告诉约翰说，有位公主坐着金色的马车来找过他。因为没能叫醒他，她就托他转交他一束花，还说她明早八点还会来这里。

约翰不断地责怪自己贪睡，死死地盯着公主送的这束山鼠菊，试图从中寻求一丝安慰。"花代表思念。"想到这里，约翰满心甜蜜，可他忘了，山鼠菊是人们经常送给死人的。

到了晚上，约翰再也不敢把双眼全闭上睡觉了，一直睁着一只眼，还时不时从床上跳起来。当窗外的小鸟开始在树上叽叽喳喳地唱歌时，约翰再也不敢睡了。他从窗户爬到旅店门前的一棵高大的树上，坐在树枝上，傻傻地看着公主送给他的那束鲜花，盼望公主早点儿到来。可是，一闻到花的香味，他的睡意立即涌了上来，再也无法抵挡，又一次沉沉地睡着了。

约翰一睡着就很难再把他叫醒。太阳升起来了，小鸟鸣叫得更欢了，露多维娜的马车轰隆隆地经过旅店，这一切都没能唤醒约翰。店员们也四处寻找他，压根儿想不到他会爬到树上睡觉。

当钟声连敲了十二下，约翰才猛然惊醒，迅速从树上跳下来，心想坏了，公主的马车肯定早已走远了。这时，店员们已经开始忙着准备午饭了。

"公主的马车过去了吗？"约翰问店员。

"是的，她还特地给你留了条纱巾。明天早晨七点，她还会最后一次从这儿路过。"店员递给约翰一条纱巾说。

"我肯定中了邪。"约翰疑惑不解地想。他接过公主留下的纱巾，纱巾上散发着一股独特的香味。这次，为了避免再次睡着而错过公主的马车，约翰决定整晚不再上床睡觉。于是，他结清了旅店的账，又用剩下的钱买了匹马，打算整夜骑马，守候在旅店门口。

约翰骑在马上耐心地等候公主，还不时侧过身去闻那条缠在手臂上带着香味的纱巾，闻着闻着，他又开始发困了，最后终于抵挡不住，竟然趴在马脖子上，和马一起睡着了。

当公主驾着马车再次经过旅店时，店员们想尽一切办法试图叫醒约翰，但是不论他们采用什么方法，就是不能让他醒过来。眼看公主的马车越走越远，约翰和他的马依然沉沉地睡着。

因为心里惦记着公主，约翰凭着意念从睡梦中醒来，刚好看到公主渐行渐远的马车，他扯着嗓门儿大声喊："停车，快停车！"可是马车并没有理会他的叫喊，照样前行，且速度越来越快。约翰快马加鞭，直追了一天一夜，也没能追上。

公主的马车在前面跑，约翰骑马在后面追，就这样追了好远好远，最后他们来到了大海边。看到大海，约翰心里高兴坏了，心想：前面无路可走了，公主的马车这回总该停下来了吧。可令他万万没有想到的是，公主的那辆马车竟然直接朝大海驶去，海平面对它来说，就如同在平坦的陆地上一样。而约翰的马跑了一天一夜，累得再也跑不动了，不停地在海边喘着粗气。约翰坐在马背上，眼睁睁地看着公主的马车慢慢地从视线中消失了。

可是，约翰丝毫没有气馁，他打起精神，不停地在海滩上走来走去，希望能找条小船，乘着小船去追赶公主。可是

他的希望落空了，又累又饿的约翰，无奈地坐在一座渔夫的小木屋前休息。

木屋里有位年轻漂亮的姑娘正在补渔网。她长得非常漂亮，雪白的皮肤简直如同海鸥的胸脯，因此大家都叫她"海鸥姑娘"。她看到累极了的约翰瘫坐在门前，就邀请他进屋，并拿出葡萄酒和煎鱼热情地款待他。酒足饭饱后，约翰很快恢复了体力，便开始向姑娘讲述自己奇特的遭遇。尽管眼前的海鸥姑娘是那么美丽大方，可约翰的心里只有露多维娜公主那双迷人的如波斯猫般的绿眼睛，对海鸥姑娘毫不动心。

海鸥姑娘对约翰的遭遇深表同情，她对约翰说："我打鱼时，打捞起一个铜质花瓶。打开花瓶后，发现里面有一件红色的斗篷和一个装有五十个金币的钱袋。这些物品我都存着，打算结婚时再用。现在，你更需要它们，就先拿去用吧。你去附近的渔港，那里肯定有船通往洼地国。如果日后你做了洼地国的国王，再把斗篷和五十枚金币还给我。"

"小王子"约翰满怀感激地对海鸥姑娘说："你不仅人长得漂亮，心地也很善良，日后我若做了国王，一定来接你做王后的贴身侍女。好了，我们就此分别吧！"海鸥姑娘点了点头，依然外出打鱼。而疲惫不堪的约翰则披着斗篷倒在一堆干草上休息，想着这些天遇到的怪事，他不禁自言自语道："要是我现在在洼地国王宫该多好啊！"

话音刚落，约翰惊奇地发现，自己突然来到一座富丽堂皇的宫殿门前。他揉了揉眼睛，用力拧了自己一下，才确信不是在做梦。这时，约翰看到有个人在宫殿前面抽烟，就走上前借火，顺便问道："请问，这是什么地方？"

"这是王宫啊。"那人吃惊地答道。

"哪个国王的王宫？"约翰继续问。

"当然是洼地国国王。"那人大声笑了起来，笑这个人竟然问这么白痴的问题。

约翰听后又惊又喜。惊的是，他弄不明白这一瞬间发生了什么；喜的是，他竟然真的来到了洼地国的王宫。愣了好一会儿后，约翰终于想明白了，这件红色的斗篷肯定有一种神奇的魔力，穿上它，想去哪儿，就立即能去哪儿。想到这里，他决定立即印证自己的猜想。于是，约翰又许了个愿，希望能到都城里最好的旅店。果然，眨眼间，他就已经站在了旅店门前。

原来斗篷如此神奇，约翰高兴坏了。他吃过晚饭，就上床睡觉了。

第二天醒来，走在大街上，约翰发现大街小巷所有的房子上都挂满了鲜花，街上飘扬着各色彩旗，教堂的钟声也开始敲响。"发生了什么事?"约翰好奇地问市民。人们告诉他:"国王失散多年的女儿——露多维娜公主平安回来了,国王宣布今天举行盛大庆典,庆祝美丽的公主安全回宫。"约翰心想:"太好了,我就在王宫门前等着公主,她肯定能认出我来。"

约翰站在最显眼的地方。当公主的金马车从他跟前经过时,他一眼看到公主头戴金冠,坐在国王和王后中间。公主老远就看见约翰了,脸色一下子变得煞白,经过他跟前时,刻意把视线移向别处,装着没有看到他。

"难道公主这么快就不认识我了,还是责怪我连续三次失约?"约翰百思不得其解。无奈,他只好随着人群来到了王宫前。等国王的马队全部进入王宫后,约翰告诉侍卫,是他解救了公主,希望侍卫让他进宫,觐见国王,说明此事。任凭他如何解释,侍卫就是不信,反认为他是骗子,并将他轰走了。

约翰气得火冒三丈,却束手无策,只能不停地抽烟,试图将烦躁的心情平静下来。随后,他进入附近的一家酒店,要了几瓶啤酒,点了几道小菜,边喝边思考良策。他想:"也许是这一身旧军装,特别是头上这个生了锈的头盔,影响了自己的形象,要是有足够的钱,换一身贵族服饰,侍卫自然就不会阻拦我进宫了。可海鸥姑娘给的钱袋中只有五十枚金币,这些天下来,应该所剩无几了。"想到这里,他叹了口气,下意识地掏出钱袋,想看看里面还有多少钱。令他惊讶万分的是,钱袋里不多不少,还有五十枚金币。

"可能海鸥姑娘数错了金币数量了。"约翰心想。他付完酒钱后，又数了一下金币，里面竟然还是五十枚。约翰把钱全部倒出来，合上钱袋，可当他再次打开钱袋时，数了数，里面还是有五十枚金币。

约翰大喜过望，立刻去找皇家裁缝和马车匠。他让裁缝为他做一件华丽的斗篷和一件镶有各种宝石的蓝色丝绒长袍。然后，他又让马车匠打造一辆和公主的马车一模一样的金马车。约翰开出两倍的工钱，要求他们尽快赶制出来。

几天后，都城里的大街上出现了一辆由六匹白马拉着的金马车，金马车后面跟着四位衣着华丽的男仆。坐在马车上的人正是"小王子"约翰，他穿着华丽的天蓝色丝绒长袍，手持一束山鼠菊花，胳膊上系着一条纱巾。他乘着马车，招摇过市，绕城转了两圈，还不停地向围观的市民抛撒金币。当他准备第三次经过王宫门前时，他看到了露多维娜公主掀开窗帘的一角，偷偷地在看他。

第二天，满城的居民包括王宫里的人，都在谈论昨天那个乘着豪华马车，四处撒钱的人。王后好奇心特别强，非常想见见这位与众不同的贵族。

国王说："那好吧，我把他请进宫里，让他陪我打牌。"这次，"小王子"约翰没有失约，准时来到王宫。

国王让人取来纸牌，就开始跟约翰玩牌。他们连玩了六局，约翰局局皆输。他一次又一次倒空钱袋，可奇怪的是，转眼间，钱包又变出满满的金币，怎么倒也倒不完。

第六局结束后，国王再也忍不住了，惊奇地喊道："啊！这太让人难以置信了。"

王后附和道："真是匪夷所思！"

公主也打破了沉默，称赞道："太不可思议了。"

"呵呵，与你变成蛇身相比，这不值一提吧。"约翰讽刺道。

"闭嘴。"国王非常忌讳提及此事，粗暴地打断了约翰。

"我说的是事实，"约翰毫不畏惧，"当初，就是我，不畏生死，从魔鬼手中把公主解救出来，她还发誓以身相许呢！"

"这是真的吗？"国王向公主问道。

"是真的，"公主答道，"但我与恩人约好，我的马车经过他住的那家旅店时，他就跟我走。可是一连三次，我经过那里时，他都在睡懒觉，怎么唤也唤不醒。"

"你叫什么名字，从事什么职业？"国王问约翰。

"我叫约翰，是一名退伍士兵，我的父亲曾做过水手。"约翰回答。

"那你跟我的女儿一点儿也不般配呀，不过，如果你把钱袋送给我，我会考虑此事。"国王说。

"可这钱袋不是我的，我无权把它送给别人。"约翰说。

"那你先把钱袋寄存在我这儿，待我们举行婚礼的那天，我再把它还给你。"公主温柔地说，让矮个子约翰无法拒绝。

"婚礼什么时候举行呢？"

"复活节吧！"国王说。

"哼，太阳打西边出来的那天吧。"露多维娜嘀咕道，可惜约翰并没有听见，双手奉上了钱袋。

第二天晚上，约翰又来到王宫，依旧想找国王玩牌，顺便正式向公主求婚。可是，国王不在宫中，说是去乡下收税租了。第三天，约翰再次来到王宫，结果依旧如此。约翰请求见王后，被告知王后受了风寒，头疼得非常厉害，不能见任何人。此后，约翰又去了五六次，都被这样或那样的理由阻止进宫。约翰再笨，也终于明白，他被耍了。

"他们竟然干得出这样的事！"约翰怒骂道。他突然想起他还有一件神奇的宝物——红色的斗篷。

"真是忙晕头了，我怎么只想着找国王，而忘了用它呢？有了它，还怕不能进宫吗？"约翰心想。

当晚，约翰披着红色的斗篷，来到了王宫门前。他望着宫殿，一扇窗一扇窗地搜索，终于在一扇窗里，看到了公主的身影。

"我要立即出现在公主的房间里。"话音刚落，约翰就站在了公主的房间中央。

露多维娜公主正趴在桌旁，数着不断从钱袋里倒出来的金币。

"八百，八百五十，九百，九百五十……"

"一千，"约翰打断了她，说道，"晚上好啊，公主！"

公主吓了一跳，抬头看到约翰出现在面前，顿时惊慌失措，颤抖地低声说："你，你是怎么进来的！你要做什么？快离开，不然，我就要喊人啦……"

"公主，别紧张，我是来提醒你，别忘了自己的承诺，后天就是复活节了，你别只顾着数钱，要好好筹备一下婚礼了。"约翰轻声说。

露多维娜听后笑了起来："天哪，还有这么笨的人，竟然一直做着癞蛤蟆吃天鹅肉的美梦。"

"哼，哼，那好，你把钱袋还给我，我们两清吧。"约翰说。

"休想。"公主迅速把钱包塞进口袋，冷笑着说。

"很好！"约翰依然不失风度地说，"谁笑到最后，才算笑得最好。"说完，他一个箭步上前，将公主拦腰抱起，大喊说道："送我们去地球的另一端。"转眼间，约翰带着公主来到了地球的另一端。

约翰笑嘻嘻地把公主放在一棵大树下，说："我还是头一次走这么远的路呢，公主，你觉得我们走得远吗？"露多维娜清楚，他绝不是在开玩笑，那段风驰电掣的长途飞行，现在还让她觉得头晕目眩呢，她不敢吭声。

洼地国国王是个阴险狡诈、城府极深的人。仙女曾预言，公主将遭遇一场灾祸，只有一个矮个子士兵才能解救她。不过，她必须以身相许，承诺嫁给这个士兵，只有这个士兵连续三次失约，她才能解除婚约。于是，狡诈的公主连使诡计，让约翰失约。在魔鬼的城堡里，她请约翰喝下的那杯酒，以及后来送给他的那束花，还有那条纱巾，都有让人昏昏入睡，并长睡不醒的魔力。就是这三样东西，让约翰沉睡三次，最终失约三次。

虽然远离了王宫，可露多维娜一点儿也不慌乱，她时刻保持着清醒和冷静。

"我一直以为你只不过是个流浪汉，真没有想到，你的本领胜过任何一个国王。"公主又开始卖弄风骚，用温柔且极具磁性的声音说，"好啦，我先把钱袋还给你，我之前送给你的花和纱巾，你还带在身上吗？"

"当然带在身边。"看到公主又开始温柔地对待自己，约翰以为她会因远离故国而死心塌地地嫁给自己了，心里非常高兴。他从怀里掏出那束鲜花和纱巾，递给公主。露多维娜则把鲜花插在约翰上衣纽扣的洞里，又把纱巾系在他的左臂上，柔声对他说："从今以后，我就是你的女仆，只要你愿意，随时可以娶我。"

约翰高兴坏了，说道："公主，你其实没有我预想的那样坏。我一直很爱你，会竭尽所能给你幸福的。"

"那好，亲爱的，告诉我，为什么你能在眨眼间，把我带到地球的另一端呢？"

约翰一愣，下意识地用手抓了抓后脑勺，暗想："公主该不会想套我的秘密，再一次骗我吧？"

看见约翰面露狐疑之色，公主不停地催促道："我们之间有必要保密吗？"公主说话的语气极其温柔，使约翰完全丧失了防备之心。

"算了，只要我不把斗篷给她，告诉她这个秘密，也无关紧要。"约翰心想。

于是，诚实的约翰就把红色斗篷的秘密一五一十地告诉了公主。

露多维娜听完后，连连称赞斗篷神奇，然后假装非常疲惫地说："哎，太累了！我们还是先好好睡一觉吧，等明天醒来后，再商量婚事。"然后她伸了个懒腰，躺在草地上，假装睡着了。

约翰解下纱巾垫在头下，紧挨着露多维娜躺了下来，没多久，就发出均匀的呼吸声。

露多维娜其实根本没有睡，她一直眯着眼睛，偷偷观察着约翰。听到他的呼噜声后，她迅速解开斗篷的扣子，把它从约翰身上脱了下来，穿在自己身上，又从约翰身上取回钱袋，然后说了句："让我回到自己的房间里去。"转眼间，她已经站在王宫中自己的房间里了。

约翰沉睡了一天一夜才苏醒过来。睁开双眼，发现斗篷、钱袋以及公主都不见了，约翰立即明白，他再一次被骗了。他懊恼不已，又是扯自己的头发，又是捶胸顿足。他踩烂了公主送给他的鲜花，撕碎她送的纱巾。

也许是好久没吃东西了，约翰感到肚子饿得咕咕直叫。他四处寻找食物，却一无所获。他记得小时候，祖母给他讲故事时，告诉他有好多奇怪的东西，可以用来填饱肚子。可这些东西现在在哪儿呢？正当他一筹莫展，仰天长叹之时，突然看到头顶上有诱人的果子，原来他正站在一棵李子树下。

"嗯，先摘些李子充饥吧！饿了的时候，什么都好吃。"约翰心想。

约翰爬到树上，摘熟透了的红色李子吃了起来。刚吃下两颗，他就感觉不对，一件恐怖的事情发生了——他额头上竟然长出一对硬邦邦的羊角。约翰立即从树上跳下来，跑到附近的小河边，照着水面一看，顿时惊呆了。这对羊角对他来说，要多难看就有多难看。真是祸不单行啊！这些天来，一连串的打击已让他失去了活下去的勇气。

"先是被国王、公主欺骗，现在又遭遇李子毒害，在额头上凭空长出一对羊角，如果有人看到我这副模样，肯定会认为我是一个怪物。"约翰心灰意冷地想。

反正都这样了，索性就吃个饱吧。他又跑到另一棵李树上摘青李子吃。刚吃完两颗，他惊奇地发现，头上的羊角不见了。约翰又惊又喜，突然，他想到一个绝佳的主意……

"或许，借助这些诱人的李子，我不仅能成功地取回斗篷和钱袋，还能彻底对那个口蜜腹剑的公主死心，她曾经变成过蛇身，这回再添上一对羊角，这样的美人，我肯定，无论谁也不会娶她为妻了。谁会对头上有对羊角的姑娘有好感呢！"

想到这里，约翰先用柳条编了一个篮子，分别摘了一些红色李子和青色李子放入篮中，然后再次踏上去往洼地国的旅程。

这是一段艰辛而漫长的旅程，他饿了就吃路边的野果，累了就席地而眠，还要时刻提防着野兽和野人的侵袭。最令他放心不下的是那些李子，唯恐它们在路上烂了。庆幸的是，这些李子个个非常新鲜，像刚从树下摘下的一样。

不久，约翰来到一个国家，在这里，他变卖掉从王宫出来时带出来的几件宝物，用这些钱买了一张去洼地国的船票。功夫不费苦心人，一年零一天后，约翰终于再次抵达洼地国的都城。

到达洼地国都城的第二天，约翰乔装改扮成一个小商贩的模样，在教堂门前摆了一张小桌子，铺上白布，摆上新鲜的李子。尽管历经长途跋涉，李子看起来依然像刚从树上摘下来的一样。不一会儿，他就看到公主从教堂里走了出来，于是用假嗓子卖力地叫卖起来："卖李子啦，新鲜李子，又脆又甜。"

"多少钱一斤？"公主来到他的摊前，好奇地问，丝毫没有认出乔装后的约翰。

"五十金币一个。"约翰说。

"五十金币一个？太贵了吧，难道这些李子有什么奇效，吃了能使人变得更聪明、更漂亮吗？"公主反问道。

"当然，美丽的公主！像您这样完美的人，也许不需要再补充智慧和美貌了。可是，要是您吃了这些李子，我保证，您会比以前更漂亮、更机智。"小商贩自信地说。

经过漫长的旅行，历经四处漂泊流浪的生活，矮个子约翰学到了很多东西，看透了人情世故，并变得能说会道了。这几句简单的赞美之言，就让公主飘飘然起来。

"这些红色的李子，看起来很诱人，它们会使我哪些地方变得更好呢？"公主微笑着问道。

"你吃了，马上就会知道，我保证你会大吃一惊。"约翰回答。

露多维娜变得更加心痒，于是她拿出钱袋，不断地将金币倒出来，最后将整篮的红李子全买走了。看到公主拿着自己的钱袋，毫不吝啬地付款，约翰气得心里直痒痒，恨不得立即把它夺过来，怒声斥责公主是个骗子，是个小偷，但他克制住了。

卖完红色李子后，约翰立即扔掉桌子，脱下商贩的衣服，扯下假胡须，并换了家旅店。之后，他耐心地等待事情的进展。

再说公主吧。她一回到自己的房间，就迫不及待地去吃红色的李子，想立即知道它们有什么神奇的功效。李子的味道很鲜美，公主吃得很开心。突然，她感觉头上有点儿不对劲，像有什么东西长了出来。她连忙放下李子，跑到镜子前面，一看，顿时痛哭了起来。原来李子的功效就是让自己头上长出一对羊角。公主又气又恼，大声嚷道："来人啊，快去教堂，快去抓那个卖李子的小商贩，别让他跑了。天哪，长着这对羊角，叫我今后如何出去见人啊！我怎么活啊！"

听到公主撕心裂肺的叫喊声，女仆们连忙跑进她的房间，想弄清发生了什么事情。当她们看到公主长出一对羊角时，便试图用力把羊角拔下来，但丝毫不起作用，她们用力越大，只会增加公主的疼痛。

国王派人在全国张贴告示，无论是谁，如果能取下公主头上的一对羊角，他就能迎娶公主。消息传开后，全国的医生和巫师，纷纷携带他们的秘方前往王宫，试图去救公主。遗憾的是，他们之中无人成功，不仅丝毫没有缩短公主的羊角，反而让公主备受偏方的折磨。不得已，国王又下了一道严令，凡是替公主治病，却没能将公主治愈的人，都将受到严厉的惩罚。

尽管如此，依然阻挡不了人们前往王宫为公主治病，毕竟国王给出的报酬太丰厚，再说了，谁不愿娶貌美如花的公主为妻啊，日后说不定还能继承王位呢。

与此同时，国王下令全力搜寻那个卖李子的小商贩，可是无人能找到他。矮个子约翰估摸着国王和公主的耐心已被消磨得差不多了，就拿出青李子，把青李子的汁挤在一个小瓶中。然后，他换上一件医生穿的大马褂，戴上假发和眼镜，前往王宫。他自称是位医术高明的医生，来自遥远的异国，并向国王承诺，若让他和公主单独相处一会儿，他保证医好公主的病。

国王叹了口气说："又来了一个送死的疯子。好吧，按他说的办，我不能拒绝任何医生的请求。"

约翰一来到公主面前，就往她喝水的杯子里，滴了几滴青李子汁。公主喝了一口后，立即发觉额头上羊角的尖端消失了。

"如果没有什么东西阻止的话，你头上的羊角会很快消失的。"假扮成医生的约翰严肃地说，"要想彻底治愈，只有保持灵魂的纯洁。你之前是不是做过什么坏事？你好好反省一下，再告诉我。"

对于这个问题，露多维娜根本不用多想，她心里很明白，自己确实做过一些坏事。虽然她特别想赶紧去掉头上的羊角，但是坦白自己的罪恶，实在太丢人。公主在去掉羊角和袒护面子之间，艰难地选择着。最后，她耷拉着头，小声说："是的，我的确干过一些卑劣的事，曾偷了一个士兵的钱袋。"

"把那个钱袋给我，否则药水没有效果。"身上割肉，太痛苦了。不过，她很明白，相比于头上的这对羊角，钱再多，对于她来说没有任何意义。

露多维娜叹了口气，取出钱袋，递给了"医生"。随后，"医生"又往杯子里倒了些药水，公主喝下后，发现头上的羊角小了一半儿。

"你应该还有其他的坏事瞒着我，要不然，药效不会只起一半儿的作用？"

"哦，我还偷了那个士兵的斗篷。"公主坦言。

"把斗篷也给我吧。""医生"说。

"好，给你。"公主边说边把斗篷递给了"医生"。

露多维娜早已拿定主意，一旦头上的羊角全部消失，她就立即命令仆人们，把钱袋和斗篷再抢回来。

正在露多维娜窃窃自喜时，令她没有想到的是，那个"医生"突然披上斗篷，撕掉假发，扔掉眼镜，露出他的真实面目。原来，他就是那个屡次遭受自己欺骗的矮个子士兵约翰。

站在约翰面前，公主当场吓傻了，不发一言。约翰冷冷地对公主说："我本来打算让你一辈子都带着羊角生活，可惜我的心太软，而且，我也曾真心实意地喜欢过你。再说，你已经快变成魔鬼了，有没有羊角都一样！"

说完，约翰披着红斗篷消失了。他来到了海鸥姑娘的小木屋中。海鸥姑娘正坐在窗边缝补渔网，她时不时抬头眺望大海，似乎在等着什么人。听到有人进屋，她抬起头来一看，竟然是她日思夜想的约翰，顿时羞红了脸。

"你，你怎么回来了？"海鸥姑娘轻声问道，"你和那位公主成婚了吗？"

约翰把离开海鸥姑娘后经历的事情，一五一十地告诉了她，然后双手呈上钱袋和斗篷。

"这两样东西对我来说毫无用处。况且，你已用实际行动证明，拥有财富并不等于拥有幸福！"

"嗯，只有辛勤地工作，和真诚的、相爱的女人在一起，才能获得幸福。"约翰深情款款地望着海鸥姑娘。这时，约翰才注意到，海鸥姑娘也有一双美丽迷人的大眼睛，他向姑娘伸出双手，真诚地说："亲爱的海鸥姑娘，你愿意做我的妻子吗？"

"我愿意。"海鸥姑娘满脸通红地说，"不过，我建议把斗篷和钱袋还放在铜质花瓶里，把他们重新扔回大海，好吗？"

当然没有问题。约翰和海鸥姑娘真的把斗篷和钱袋密封在花瓶里，扔回了大海。从此，两个人在一起，过着幸福的生活。